目錄

Contents

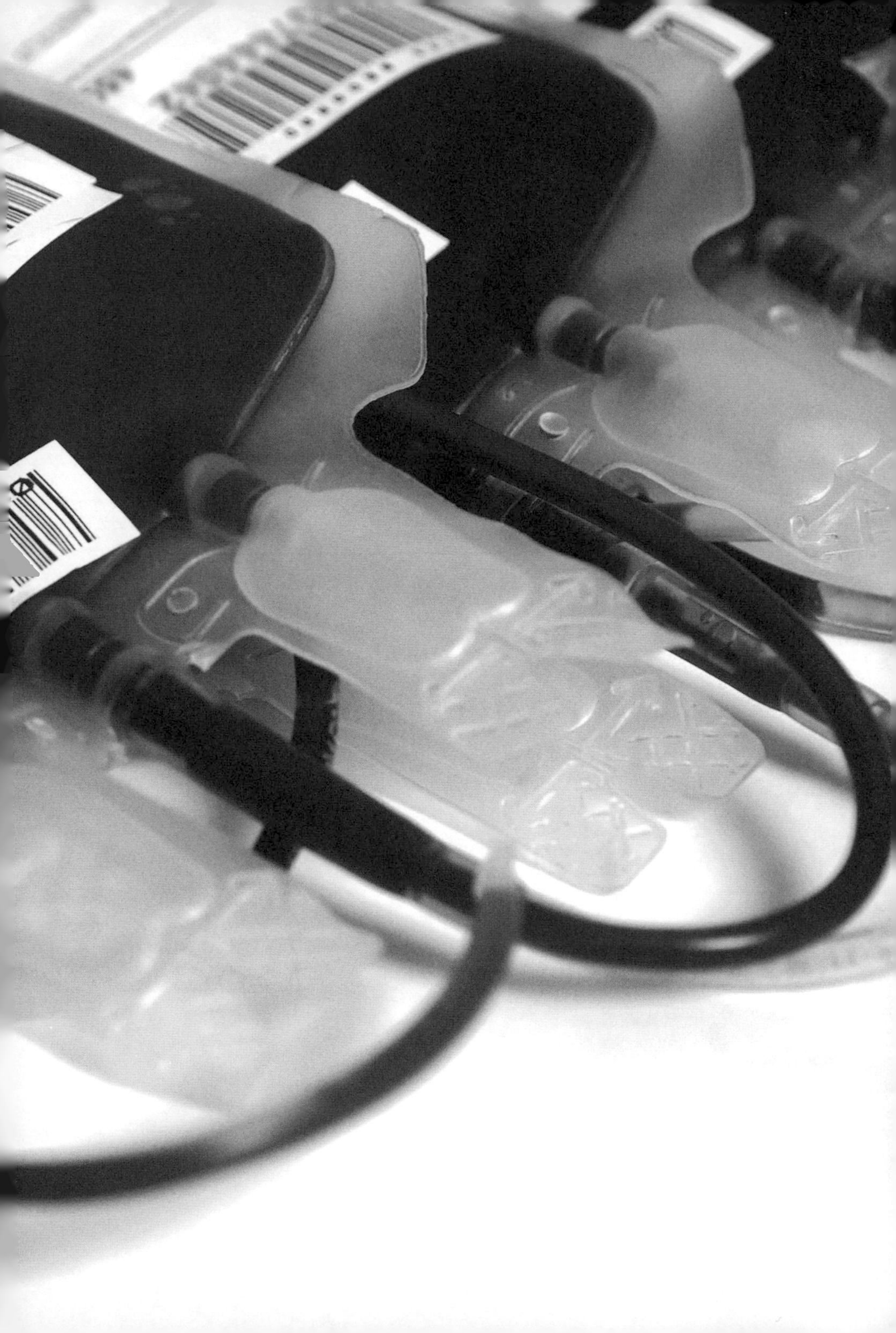

血液型殺人事件

血型殺人事件

一九三四年六月

發表於《ぷろふいる》

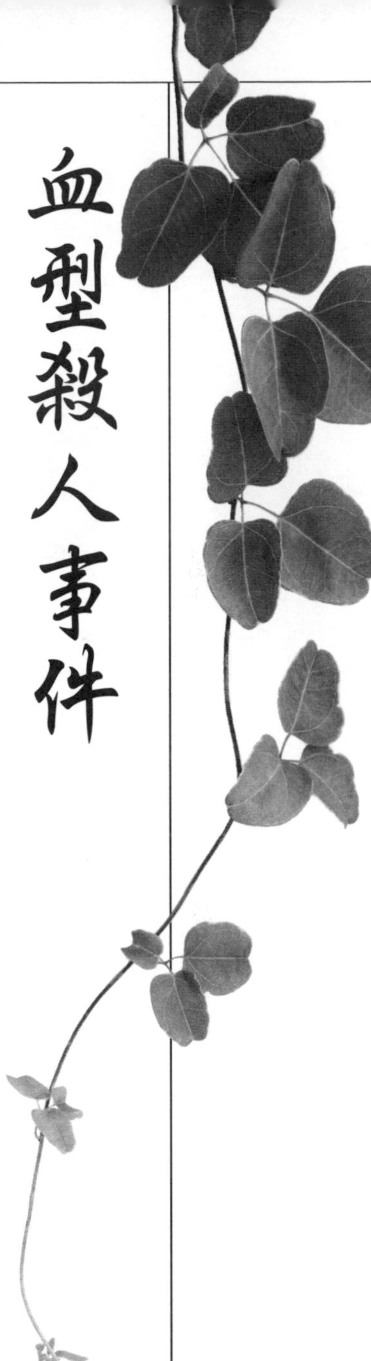

甲賀三郎

明治二十六年（一八九三年），生於滋賀縣。本名春田能為，畢業於東京帝大工學部。大正十二年（一九二三年），以〈真珠塔的祕密〉入選《新趣味》偵探小說之徵文。之後推出新型態的理化型推理小說〈琥珀的菸斗〉、〈鎳的文鎮〉等短篇，成為倍受矚目之新進小說家，並提倡所謂「本格[1]」的偵探小說。昭和三年（一九二八年）成為專職作家後，更名列最受歡迎作家之列，發表了眾多作品。長篇小說《妖魔的恥笑》、《沒有乳房的女人》、《沒有身影的怪盜》等皆屬於通俗驚悚小說，文章中經常出現新聞記者獅子內俊次的角色。此外，著有以實際案件為題材的《支倉事件》或歷史小說《奇怪的判決書》，甚至還嘗試偵探戲曲的書寫。死於昭和二十年（一九四五年）。

《專業偵探》雜誌中，曾經刊載過〈由誰裁決呢〉、〈血型殺人事件〉、〈木內家殺人事件〉等多篇中篇小說之力作。此外，昭和十年（一九三五年）連續一年於《偵探小說講談》中，針對偵探小說的非藝術性，與木木高太郎[2]展開辯論，也展現了小說評論上的才華。

艱辛的一年

至今我仍然經常夢見有關毛沼博士的意外死亡，那件事對我而言猶如鬼魅般纏繞不去。而且之後不到一個月的時間，待我如父親般的恩師笠神博士及夫人竟無預警地自殺身亡，更讓我震驚得宛如失去靈魂的軀殼，甚至欲哭無淚。直到漸漸恢復精神後，閱讀了博士署名給我的唯一一封遺書時，我又再度陷入無底的絕望深淵中。心中盼望立刻追隨博士夫婦的後塵，遠離這世間的紛擾，卻又必須隱忍住這樣的念頭。

當時的我，遭受警察、新聞記者的百般糾纏，心中痛苦艱難，卻得堅守博士的遺願，堅持必須在一年過後才能公開博士的遺書。也因此，雖然遭受到世人的種種誤解與批判，但仍不為所動堅守博士遺願。

對我而言，那一年的時間是如此地艱辛，如此地鬱鬱寡歡，如此地悲傷與消沉，只能靜靜等待時間的流逝。

在恩師笠神博士夫婦的一週年忌日，我終於能在這裡公開發表博士的遺書，也讓長久以來心中的負荷得以獲得些微紓解。

在發表博士的遺書之前，就依事件發生的順序，先從毛沼博士的意外死亡事件說起吧！

毛沼博士的意外死亡

二月十一日，也是開國紀念日那一天。當天氣候酷寒，清晨六點時分氣溫已經下降至零下五點三度，是東京地區罕見的低溫現象。我因前晚飲酒過量，再加上學校放假，以及寒冷的天氣，於是緊緊蓋著棉被沉睡到了早上九點左右。

「鵜澤先生。」

突然枕邊傳來呼喚的聲音，我伸出頭來，看見了宿舍舍監老太太蒼老的臉龐，正以懷疑的眼神盯著我瞧。也許是那神情太過嚴肅了，不得不讓我忘記了寒冷，立刻起身下床。

「有什麼事嗎？」

結果，舍監老太太默默地遞來手中的名片。而映入眼簾的名片稱謂，竟是S警察局的某某刑事警察。

「這，這是怎麼一回事？」

我內心惶恐不已，不記得自己做過什麼特別需要找警察來處理的壞事，還是因為我的散漫雜亂惹得舍監老太太不高興呢？

老太太以試探的眼神再度望著我說：

「不知道有什麼事，總之就是要找你。」

我急忙換好衣服，隨意整理蓬亂的頭髮往樓下走去。

一位穿戴整齊，感覺時髦新潮的年輕男子正站在樓下。原來就是S警察局的刑警。

「鵜澤先生嗎？你知道嗎，毛沼博士已經死了！」

「啊！」

我驚訝地身體為之一震，簡直無法置信。昨天深夜，我還送毛沼博士回家，並親眼見到他回寢室睡覺後才返家。再過兩個月，我就是醫學系三年級生，當然明白什麼是病危的徵兆。但昨晚的毛沼博士僅是酒醉，完全沒有任何病痛的危險徵兆。博士雖然已經五十二歲了，卻比我們這些年輕小夥子更有朝氣，身體非常硬朗沒有絲毫毛病。

看見我吃驚的模樣，那位刑警笑著說：

「昨晚是你送他回家的嗎？」
「嗯。」
「我們還有些事想弄清楚，想麻煩你跟我們到警察局一趟。」
「難道，博士是被殺害的嗎？」
既然博士不可能因病而死，於是我便不加思索地脫口說出腦海中的疑問。
刑警那身時髦的打扮彷彿頓時變了樣，他以銳利的眼神望著我：
「到警察局後再慢慢說吧，總之先走一趟吧！」
就這樣，我就在迷迷糊糊的狀態下被帶到了S警察局。
等了一會兒，隨即被帶到了調查室裡。一位頭髮剪得極短、肩頭壯碩，看似刑警的人，就面對著劣質不堪的桌子坐著。雖然沒有任何人提及他的稱謂，但訊問的一往一來間，終於明白那個人竟然是局長。
「聽說昨天是你送毛沼博士回家的嗎？」
局長又開始剛才那位刑警的問話。
「嗯。」
「大概是幾點鐘的事呢？」

「應該是十點過後吧！」

突然間，我想起了博士寢室裡的那個時鐘。

「我記得離開房間時，確實是十點三十五分。」

「那麼，離開會場時呢？」

「因為距離會場僅有十分鐘的車程，所以離開會場的時候應該是十點二十五分左右吧！」

「那是個什麼樣的聚會啊？」

「是歷屆畢業於M高校的醫學系學生的校友會。」

「共來了幾位呢？」

「有十四、五名的學生，還有毛沼博士與笠神博士兩位教授，另外還有一位助教和助手，雖是畢業校友，卻有事未能參加。」

「在會場時有沒有發生什麼奇怪的事？」

「沒有。」

此時，我又想起了當時毛沼博士與笠神博士兩人的互動一反往常，似乎刻意地避開交談，但覺得沒有特別需要提出說明，所以也未再提及了。

「當時毛沼博士看起來正常嗎？」

「嗯。」

「他喝了很多酒嗎？」

「嗯，喝了很多。」

「到底喝了多少？有到神智不清的地步嗎？」

「沒有，還沒有到那種地步。他回到家中，還能自己換上睡衣，然後跟我說：『謝謝，你可以回家了。』才去睡覺的。」

「每次都是由你送博士回家的嗎？」

「不，不是這樣的。因為博士的家就在我住的地方附近，所以大家要我送博士回去的。」

「毛沼博士與你是最早離開會場的嗎？」

「不，笠神博士最先離開的。」

「有人送他回去嗎？」

「沒有，因為笠神博士沒有喝太多酒，他並沒有醉。」

「可不可再仔細描述，從毛沼博士回家後到就寢這段時間所發生的事情？」

「好的。下車後，我扶著已經爛醉如泥的博士，從玄關進到屋內，博士立刻一屁股坐在地上，接著管家從屋內出來，對我說：『對不起，麻煩您一起將博士扶進屋子裡。』」

「在玄關時只有管家而已嗎？」

「不是的，還有女傭，是女傭幫博士把鞋子脫掉的。」

「他的學僕[3]不在嗎？」

「不在，因為聽說那位學僕請了三天假回家了，於是他們拜託我扶住博士的頭部，然後管家和女傭扶住腳，就這樣抬著博士走進了寢室裡。」

「當時，寢室裡有開瓦斯暖爐嗎？」

「沒有。進房後，管家才將暖爐打開，博士還抱怨說：『應該早些打開暖爐，否則冷得沒辦法睡覺啊！』然後搖搖晃晃地開始脫掉外衣。」

「然後換上睡衣，就入睡了嗎？」

「是的。」

我點點頭，又想起某件事不知該不該說，但最後還是決定說了。

「當時，博士神智不清地從上衣或褲子的口袋裡掏出了許多東西，然後放在旁邊的桌子上，唯有一樣東西，博士伸手進去口袋時，突然間身體像觸電般僵住了，為了怕我們看到，於是快速地將東西藏進了枕頭下面。」

「那是什麼東西呢？」

「是小型的手槍。」

「啊，博士以前就有攜帶槍枝的習慣嗎？」局長點點頭以對我的毫不隱瞞表示稱許。

「我不清楚，不過昨晚第一次見到。」

「另外還有什麼感覺奇怪的事嗎？」

「沒有了。博士換好睡衣後，就立刻鑽進被窩裡了。接著，他就要我回去。」

「然後你就立刻回去了嗎？」

「嗯，」我停頓一會兒又接著說：「但由於是第一次來到博士的房間裡，所以忍不住好奇心，四處張望了一、兩分鐘吧！」

「只是張望而已嗎？」

「因為書桌上放著稀有的原文書和學術界的雜誌，所以忍不住翻閱了。」

「只翻了書嗎？」

「是的，絕對沒有去碰其他的東西。」

「然後就走出房間了嗎？」

「是的，我在房間時，管家和女傭正在整理博士脫掉的衣物，然後他們各自手拿衣物隨著我走出房間。」

「那時瓦斯暖爐是開著的嗎？」

「嗯，應該是的。」

「你走出房間時，博士正在睡覺嗎？」

「好像半睡半醒間吧，嘴裡似乎正在喃喃自語，躺在枕頭上的頭不斷左右搖晃著。」

「他是不是有起身，然後將房間的門鎖上呢？」

「我沒有注意到。房間的門鎖上了嗎？」

局長並沒有回答我的詢問。

「當時管家是否有將電燈關掉？」

「嗯，電燈的開關就在靠近房門的牆壁上，所以走出房門時，管家就順手將電燈關掉了。」

「感謝你的協助，我已經了解了。另外還想請問一個問題，聽說你跟剛才陪同過來的刑警說：『博士是被殺害的嗎？』」

我開始緊張了起來，覺得自己真不該亂說話。但局長似乎完全不理會我心裡的想法，他繼續說道：

「這麼說，你真的說了那樣的話嗎？應該不可能會毫無根據，冒出那樣的話吧！」

勝利者與失敗者

當我聽聞毛沼博士死去時，其實並沒有什麼特別的理由令我聯想到被殺的可能性。就如我前面所提及的，毛沼博士根本不可能是病死的，更不可能是自殺的，再說當時腦海裡完全未想到意外死亡的種種，終於不小心說出了是不是被殺，但其實也並非全是空穴來風的猜測。因為第一，為什麼毛沼博士會隨身攜帶手槍呢？第二，最近這兩、三個月博士時常看起來心神不寧。

毛沼博士身為外科的教授，舉止豪放不羈，酒量又好，上課時神采奕奕，個性開朗活潑得簡直不像已經五十二歲的人，而且凡事不拘小節。但是，近兩、三個月雖不至於到達明顯的地步，卻總感覺意志消沉，而且稍有聲響就會被嚇著，講課時也經常出錯，過去總是親自主持手術，現在則交給了年輕的助教處理。總之，從那些瑣事上，似乎可以感覺毛沼博士與平常略有不同。

我窺看著局長的臉色說道：

「其實沒有什麼特別的，因為博士最近似乎有些不太一樣，而且還隨身攜帶手槍。」

我說出了自己的想法。

局長點點頭說：

「再問一個問題，你知道為什麼毛沼博士至今還單身未婚嗎？」

我又突然緊張起來，彷彿碰觸到了自己害怕的事情般。但我立刻鎮定地回答：「我不知道。」

回答不知道，絕不是說謊騙人。但若說知道，也可以說是知道的，畢竟根據大家所傳的流言，再加上自己的揣測可略知一二。可是實際的情況，卻是完全不清楚了。

根據那個大家所流傳的流言，原來毛沼博士在年輕時失戀了，而且失戀的對象還是笠神博士的夫人。毛沼博士與笠神博士不僅居住同鄉里，同時還上同所縣立初中，並坐在一起，兩人在班上的成績不是屬一就是屬二，後來又一起進入M高中，高中時兩人的成績依舊不分上下，然後同樣考取了帝大的醫學系。雖然畢業之後毛沼博士專攻的是外科，笠神博士則是法醫，但在學期間，兩人還是繼續較勁著。仔細想想，兩位博士其實真是不幸的人，猶如是為了相互競爭才誕生於這個世界上。而且那種競爭不是拿著武器的決鬥，而是暗地裡相互較勁人們的評價、學科的成績、名次或社會地位等等，當然兩人之間更夾雜著名利、嫉妒或猜忌，對於他們本人來說，無疑是個沉重辛苦的枷鎖吧！

如果傳言屬實，加上我的推論正確無誤，兩個人當時應該不顧名利、權勢、生命而爭奪心愛的人吧！雖不知是否像三角關係般錯綜複雜，但總之最後笠神博士成為戀愛中的勝利者，毛沼博士則是失敗者，從此單身未娶。我雖也畢業於M高中，但從小在東京出生長大，是進入帝大後才認識兩位博士的。儘管經常聽聞那些有關於他們的傳言，但求學這三年以來，皆受到兩位博士的教導，尤其和笠神博士之間更是猶如親人般親近，也讓原本的流言不再僅止於流言，而讓我更有推測的憑據。

但是，這些事從未從兩位博士或笠神博士夫人口中得到證實，所以終究是毫無根據的事情罷了。因此，面對局長的詢問，我仍堅稱自己不知情。

局長望著我的臉後，似乎不再過問此事了，然後又將問題的矛頭指向了別處。

「你經常出入笠神博士的家中嗎？」

「嗯。」

我害怕的問題終於來了。我的確經常去笠神博士的住所。對我而言，博士不僅是恩師，更像是慈父般令我敬仰。靜心思考後，我實在沒有害怕的理由啊！縱使笠神博士與毛沼博士曾經因愛情而對立，但畢竟已經是二十年前的事了。儘管無法得知當時兩人之間懷著何種的情緒，但如今兩人都在同所學校授課，也相安無事地度過將近五十個年頭了。現在兩人之間更不可能有任何瓜葛，所以毛沼博士意外死亡一事，更不會與笠神博士有任何關連了。

然而，今天在此場景下，局長又再度提及有關毛沼博士未婚的原因，以及我與笠神博士私交甚篤的事時，總不免讓我有些不祥的預感。但不管怎麼說，是我送毛沼博士回到寢室的，恐怕也是毛沼博士生前最後見到的人，但為了避免因為這些事情與笠神博士扯上關係，而招來不可預測的結果，甚至引來世人的誤解，所以我不得不再提出辯解。

儘管覺得自己的辯解有些畫蛇添足，但總覺得不說些什麼似乎無法安心。

「我將來準備從事法醫的工作，所以才會與笠神博士如此親近。」

「喔！」

看起來局長似乎不太在意我與笠神博士之間的關係，他微微地點頭說。

「聽說笠神博士是個非常奇怪的人啊！」

「嗯，有些。」

「聽說他的夫人長得非常漂亮。」
「嗯，但是已經四十多歲了。」
「但是，應該比實際年紀看起來還年輕吧！」
「是啊，有些人認為夫人看起來像是三十多歲而已。」
「聽說笠神博士似乎不太在乎他的夫人。」
「嗯。」
我不得不承認這個事實。因為博士幾乎將全部的精力投注在研究中，幾乎完全不將美麗的妻子放在眼裡。姑且不論過去如何，總是讓人懷疑這對夫妻真的經歷過那般轟轟烈烈的戀愛嗎？
「笠神博士除了研究之外，根本無心於其他的事情，有人說研究才是博士的愛人。」
「是啊！」
「聽說與夫人的種種傳言有關，是嗎？」
「絕無此事。」
我語帶些許憤慨地回答著。博士夫人的確遭到博士冷漠的對待，但其實是個貞淑且毫無被人詬病之處的人。

局長以試探性的眼光望著我：

「是嗎？丈夫埋首於工作中，而不顧家庭，放任妻子胡作非為，這樣的事情時有所聞啊！」

「別的家庭如何，我不知道，但笠神博士夫人絕不會做出那樣的事！」

「可是，家中經常有像你這樣年輕俊美的男子出現啊！」

真是何等的汙辱啊！我咬著唇顫抖著。

「你，你究竟想說什麼。我，我對笠神博士充滿了景仰，才會屢屢前往他的宅邸。究，究竟你想調查什麼啊？」

也許是我激昂的語氣，惹得局長趕緊陪上笑臉：

「不要動怒啊！我只是問問有沒有這回事而已啊！」

「可是查問也要看事情啊，這與事件有關嗎？」

「有沒有關連性，不是由你來決定的。」

局長雖面露難色，但仍舊一本正經地恢復到剛才的語調，

「今天就談到這裡吧！既然你對法醫方面有興趣，可不可以請你鑑定一個東西呢？」

局長打開桌子的抽屜，從裡面取出了像紙張的東西。

血型的研究

在此我想先說明一下，我與笠神博士之間的奇妙因緣。

無論是笠神博士或毛沼博士，就如前面所提及的，都是我在M高中的學長。高中在學期間，也經常聽聞兩位學長過去在醫學系的顯赫經歷，但直到進入這所大學後，才終於得以如願見到兩位學長。

在聽過兩位博士的講課後，我與其他人一樣，立刻喜歡上毛沼博士，而討厭笠神博士。毛沼博士活潑開朗，而笠神博士則臉色蒼白且感覺陰沉，任何人見到他們都會喜歡前者，不願意與後者親近。

就這樣，兩位博士來自於相同的故鄉，從初中到大學都是同一個班級，邁向同樣的人生道路，畢業後出了社會，又在同樣的學校裡擔任教授的職務，然而性格卻是如此迥然不同。

毛沼博士外表豪放磊落，又會飲酒作樂，再加上單身的緣故，經常往來於酒吧或社交舞廳，健談又擅於交際應酬。因此，初見面時任何人都會立刻感受到其魅力進而仰慕。

但仔細觀察後，就會發現其實毛沼博士私底下是個汲汲營營，又有些狡猾的人。他十分在意自己的名聲，甚至為了獲取名聲而不惜使用卑劣的手段。遇見學識或外科手術技術更勝於自己一籌的助教時，則假借升職的美名，將對方調至地方的大學擔任教授，以避免遭到評比。我還知道，他拿著學生的研究報告當作自己的研究資料，在學術界公開發表。又因為能言善道，所以即使講課內容空洞，卻還是能應付解決。總之無論是在學者之間，或是面對社會外界，都能保持猶如豐富學識學者的風範。所以，每位最初上過毛沼博士講課的學生，無不折服於博士的風采，但最後卻是落得失望而歸。

相反地，笠神博士外表陰沉，不諳言詞。也不會喝酒應酬，固執又不懂得變通，當然任何人都不願意與之親近。可是，仔細觀察相處後，就會發現他其實是個親切慈祥的人，心地善良，毫無狡猾之處與心機，熱心誠實研究學術，並且公平無私。儘管底下的學生較少，卻對每位學生相當疼愛，而且不遺餘力地協助學生們完成研究。毛沼博士對於那些有利於自己的人，顯得相當友善且親切，但對於與自己的利益毫無瓜葛的人則刻意疏離，昨天還在一起談笑風生，今天卻可以形同陌路。但是笠神博士則不同，即使面對那些批評自己的人，只要在學術研究上有需要幫助之處，絕對是傾囊相授。所以是個愈深交愈能感受到忠誠且熱情的人。

我與N大學的A教授持相同觀點，認為血型並無法解釋一個人的性格。但是，毛沼博士與笠神博士的血型截然不同，這倒也是有趣的地方。毛沼博士是B型，而笠神博士則是A型，但是血型的不同卻是釀成那件悲劇的重大因素，所以也是整個事件的骨架，是無法輕易忽視的。

關於血型，在今日已經是人人皆知的常識了，本想不要再詳細解釋了，但由於與事件的發展具有重要的關連性，而且我與笠神博士的結識，血型也扮演了極重要的角色，所以在此就略微一提了。

笠神博士雖是法醫學的專家，但對於血型也深入研究，可說是此領域的權威學者。人類的血液依血球與血清之性質，可分為A、B、O、AB四大類型，而法醫學裡重視血型則是在於應用，其中最重要的就是依照血型來判別親子關係。

不論忠孝、仁義與理智信，人倫的根本就是親子關係。但是，在科學尚未發達的時代，卻無法找到確定親子關係的證據，的確是相當可悲的事。然而隨著血型的研究，人們已經可以從血型中理出了頭緒。簡單而言，雙親皆不是A型時，所生的孩子也絕不會出現A型；雙親皆非B型，也絕不會生出B型的孩子。父親是A型，母親是O型時，孩子若是B型或AB型時，則可能是母親或父親，或是父母親雙方都不是孩子的親生父母。

如果確定是O型母親所生下的，則可確定父親另有其人。但是A型父親與O型母親，孩子則是A型或O型的情況時，雖不能否定其親子關係，卻也無法明確的肯定。因為O型的母親仍可以與其他A型的男子，生下A型或O型的孩子。

而問題則是AB型，又分為兩派學說。根據二對對等性質學說，也就是四遺傳單位的觀點，雙親皆是AB型時，則可能生出各種血型的孩子。而另一派則是三遺傳單位學說，也就是O型與AB型之間，可以生出A型或B型的孩子；而A型與AB型、B型與AB型、AB型與AB型，則可以生出A、B、AB型的孩子，但絕不可能出現O型。AB型無法生出O型的孩子，而O型也無法誕生出AB型。

這兩派學說經過長久的爭論後，終於經過實驗證明了後者學說的成立。笠神博士是三遺傳單位學派的熱衷支持者，當然也為了證明學說而付出了相當的努力。我進入醫學系就學以來，逐漸對法醫學產生興趣，特別是有關血型的應用，因此不得不與笠神博士有所接觸。起初果然如傳聞所言，博士不擅於交際又固執，的確很難以親近。朋友們知道我準備專攻法醫學時，甚至有人還調侃說：「跟著笠神博士，還有什麼搞頭啊！」

但愈相處後，才明白博士沉悶的背後滿是誠意，固執的背後則是慈愛，不願交際應酬則是因為公平無私。於是隨著相處時間的拉長，我對博士也更加地敬愛。約在一年前，由於某個事件使得博士突然對我說：「要來我家坐坐嗎？」

據說博士二十多年的教授生涯，從未對任何一位學生說過這樣的話，也因此我們之間的交情急速地升溫。

我對血型相當有興趣，自然也調查過自己的血型，結果是Ａ型。但為了調查雙親與弟妹的血型，以助於研究統計，於是請求了博士的協助。

當時，博士認為我是個熱心研究的學生，很快地答應了我的請求，教導決定血型的法則，並給予了判別時所需的血清。

我即刻調查研究父母親與弟妹的血型，卻出現意想不到的結果。

原來，我的父親是Ｂ型，母親是Ｏ型，而弟妹皆是Ｏ型。若根據血型的定論，Ｂ型與Ｏ型的雙親，絕不可能會生出Ａ型的小孩。然而，我又搜尋不到任何懷疑父母親的理由。

我將此事告知博士：

「會不會有例外的狀況呢？」

博士靜靜地望著我說：

「也許是判別測定的方式錯誤了吧？」

博士又開始重複地說明，雖然血型的判別看似簡單容易，即使平常人經過一次的訓練後，也能立刻得心應手。但既然是判別事實的事，就絕不可掉以輕心，若缺乏周全的經驗與準備，仍有發生錯誤的可能性，所以缺乏經驗的測定方式是相當危險的。

「但是我認為自己並沒有出錯！」我回答道。

博士考慮了一會，回答說：

「那重新再做一次給我看吧！」

於是，我再重新做了一遍，結果仍舊相同。

博士說：

「你的檢測技術是毫無疑問的，那麼，請再採集血液，由我來試試看吧！」

就這樣我又向家人各自採集了少許的血液，帶去給博士做測試。

兩、三天後，博士完全不提及測試的結果，反而詢問說：

「你是在現在的住所出生的嗎？」

「不是的，我們剛搬到這個地方還不到五、六年的時間呢！聽說我是在醫院出生的。」

「在醫院啊！」

「是啊，因為母親是初產，為了慎重起見，聽說是在四谷的K醫院生產的。」

「在醫院啊！」

博士的口氣聽起來有些驚慌，但隨即恢復平常冷靜的語氣說：

「啊，是這樣的啊！」

然後，就不再多說些什麼了。

又過了一個禮拜，博士突然對我說：

「你要到我家坐坐嗎？」

我當然滿心期待地遵從他的邀請。從那一天開始，我就經常往來博士的家。

當天我造訪時，博士立刻帶領我進入書房，與我說了許多話，並拿出珍貴稀有的原文書讓我閱讀，也詢問了我家中的事情。平時靜默又不擅於言詞的博士，卻如此努力地對我釋出善意與熱誠的招待，讓我更是重新體認到博士內心洋溢的熱情與慈愛。

當然也數次見到了博士夫人。夫人就如傳聞所言般，比實際年齡看起來年輕了十多歲以上，是個相當美麗的女性。完全不施脂粉的臉龐依舊白潤豔麗，儘管穿著樸素的服裝，卻又是那麼的潔淨亮麗。只是令人意外的是，他們夫婦之間像陌生人般，感覺相當地生疏客氣。雖然博士努力地與我談論各種話題，但面對夫人時，除非必要絕不開口，縱使開口說話，也是簡單的三言兩語就帶過。因為曾經聽聞他們是經過激烈的三角戀愛後才結婚的，但目睹眼前的場景，也不禁令我懷疑傳言的真實性。不過再想想，那般生疏陌生的態度，或許是出於博士本身的個性使然，再加上埋首於學術研究，又沒有其他興趣，也許正是造成夫婦隔閡的原因。

但是夫人相當溫柔賢淑，絲毫不曾違逆博士的旨意。而且不喜歡出風頭，行事低調，即使出入書房時也儘量不發出任何聲響。夫人的態度雖然低調，但也十分熱心地招待我。絕不像外界揣測般，博士是博士，夫人是夫人的那種放任型的夫婦。據說，博士與夫人間的關係之所以降到冰點，是因為十年前夫婦兩人所生下的唯一男孩，竟在十幾歲時不幸過世了。而另一個說法，則是結婚不久後即開始了相敬如賓的狀況。但究竟哪個說法才是事實，還是兩個版本都是訛傳，我就不清楚了。

話題似乎又偏離了主題，總之這就是我從研究血型，進而與博士相知相惜的經過。

再回到原來的事件吧！

局長從書桌的抽屜裡，取出了紙張拿給我看。是一張從薄圖畫紙上切割下來的長方形紙片，應該比明信片還要稍大些。紙張上以一種製圖家所用的圓形字體，寫下了以下的文字與記號：

Erinnern Sie sich zweiundzwanzigjahrevor!

Warum O×A → B ?

「是德文！寫著，記起二十二年前的事吧！可是，這些記號又是什麼呢？」

我歪著脖子思考著。

人面對事物時，總會以自己最能理解的方式或知識來解釋。例如，患者表達肚子痛時，外科醫師就會立刻聯想到盲腸炎，而內科醫師則會聯想到膽結石。同樣的道理，當我看到這些記號時，也立刻想到是血型（而且事實證明的確如此）。

「嗯！我覺得應該是關於血型的事吧！」

「你說什麼！」

「總之，就是在說，為什麼O型與A型會生出B型呢？」

「這是怎麼一回事，你在說什麼？」

「記號的意思應該是說，O型與A型的雙親為何會生出B型的孩子呢？」

「這與前面的德文有何關係呢？」

「我不知道。」

「喔！」

局長無可奈何地點點頭。

「這究竟是什麼東西？」

「是在毛沼博士的寢室發現的。」

「什麼！」

真是意外啊，除了意外我再也找不到任何字眼形容了。此時，我才察覺到自己在什麼都搞不清楚的情況下，就被詢問了那麼多問題。我竟完全沒有問到事件的重點。

「毛沼博士是怎麼死的？」

「是瓦斯中毒。排氣管不知怎麼掉落下來，整間屋子裡都是瓦斯，今天早晨八點左右才被發現的。」

「博士的死是意外嗎？」

「這個嘛……應該是吧？因為房間的門是從裡面鎖上的。」

「那麼，是博士將管子踢掉的嗎？因為我離開時，排氣管的確是裝好的啊！」

「是啊，博士應該至少起來過一次，也許是鎖門時踢掉的。」

「為什麼會遲至八點才被發現呢？」

「因為是休假日啊，而且昨晚又那麼晚才睡，以為他睡得很沉呢！」

聽完說明後，的確是合情合理。知名人士因瓦斯漏氣而意外死亡的事件也時有所聞。但是，關於毛沼博士的死，我總覺得有些說不出的怪異之處。

「那麼，已經是確定是意外死亡了嗎？」

「嗯。」

局長窺探著我的神情說道：

「大致上是確定了。但畢竟是有名的學者，所以不得不再做更深入的調查。既然已經勞你跑了一趟，可否再麻煩你一同到事發現場去看看呢？萬一現場有什麼狀況也可以立刻詢問，再加上你對法醫方面也較專精，也許可以提供我們些有利的線索。」

「說不上是提供線索，但我很樂意跟你走一趟。」

我們隨即驅車前往毛沼博士的宅邸。上午十點過後，雲層覆蓋的天空露出了些許的陽光，戶外依然寒冷，連灑在路上的水都結成了小冰珠。宅邸前看守的警察冷得縮著肩膀，直到瞧見局長後，才急忙站直身軀恭敬地答禮。

寢室裡的屍體，絲毫未動地放置著。昨晚還如此活蹦亂跳的博士，已經失去了血色，眼睛半開，歪斜著嘴，從棉被露出了上半身，僵硬地躺在床上。

我感覺到有些異樣。

依照屍體僵直的模樣，死亡時間應該至少超過十個小時以上。如此推算起來，博士的死應該是在半夜十二點以後，也就是我們離開房間後的一個半小時。假設我們離開房間後，博士立刻起身鎖上房門，然後又陰錯陽差地拔掉了瓦斯的排氣管，那麼直到斷氣前，瓦斯外漏了一個半小時的時間。僅是一個半小時的瓦斯漏氣，就足以令一個健康的人喪命了嗎？

我環顧房間四周，約有十二個榻榻米的大小，天花板也相當高。現在雖然已經打開了窗戶，但假設當時是關閉的狀態，還留有天花板兩處的通風孔啊！在我的所學範圍內，雖不知道瓦斯內含有多少的毒氣，但從房間的排氣管所散發的氣體，一個半小時的時間也許頂多令人失去知覺，或是呈現休克的狀態，有可能在那麼短的時間內氣絕身亡嗎？

看見我專注觀察室內的模樣，局長立刻詢問說：

「與昨晚有什麼不同嗎？」

「沒有！」

我答道，也許是局長的話提醒了我，突然想起昨晚那些雜誌的事。我往書桌方向望去，昨晚明明確實歸位的雜誌，看起來似乎有些凌亂。

（難道博士夜裡曾經翻閱過嗎？）

我一邊想著一邊往書桌方向走去，然後拿了最上面一本雜誌隨手翻閱了一下，未料竟驚訝得令我幾乎要發出喊叫聲。所幸終於忍住了，我偷偷地望著局長，由於他正趴在地板上不知在檢查什麼，所以未察覺到我的異樣。

為何我會如此驚訝呢？因為昨晚送毛沼博士回到房間後，不經意地望見了書桌上的雜誌，最令人大感不解的是，當中還有一本我曾打算為笠神博士收購的雜誌。那是一、兩年前德國發行的醫學雜誌，裡面刊載著法醫學界重要的參考資料，也就是某種特殊絞死屍體的照片。由於該雜誌引進國內的冊數極少，加上在德國的發行量也很少，所以實在很難取得。昨晚發現那本雜誌時，還對於毛沼博士的行徑感到義憤填膺，因為毛沼博士明知道笠神博士想要這本雜誌，再說雜誌的內容也不屬於毛沼博士的專業，理當可以大方地送給笠神博士，為何要如此惡意地偷藏起來呢？但此刻再翻開一看，不知為什麼僅有照片的部分被撕去了，而且由照片的一角還殘留在雜誌上的情況判斷，似乎是慌張且粗暴地拉扯下來的。

（毛沼博士為何要撕去照片的部分呢？）

難道是博士在半睡半醒的狀態下，發現我知道他藏了雜誌的事，於是等我走出寢室後，才急忙起身將照片撕去嗎？但是有必要這麼急忙地撕去照片嗎？還是擔心我會再返回房間，拿走那本雜誌呢？如果是這樣，只撕去照片的部分也於事無補啊！莫非他以為我會半夜前來盜取那本雜誌嗎？但這實在太不合常理了。我很想打開書桌的抽屜，看看撕下的照片究竟放在何處，但現場的狀況似乎不容許我隨意地翻動東西。

我將雜誌放回原位。局長似乎還趴在地板上勘查什麼，我悄悄地走到他身旁。

局長頻頻摸著地板上的厚地毯。仔細一看，原來厚厚的地毯約有直徑一吋左右的圓形大小已經變色了。摸起來像燒焦的痕跡，但又不像是普通燒焦的模樣。

局長發現我走到他身旁後，嘴裡似乎喃喃自語著什麼，然後急忙起身。他走到房間裡側的洗手檯準備洗手，扭開了水龍頭，卻發現沒有水。

局長咒罵著：

「什麼，壞了嗎？」

結果，站在門外的管家見狀則回答說：

「應該是太冷，水都結成冰了。」

局長沒有說話，又返回了房間裡。

此時，一位刑警似乎發現了什麼，拿著像西式信封的東西，急忙地走進屋內。

「局長，這是在書房的書桌抽屜裡發現的。」

局長打開了信封，從裡面取出了四方形的紙張，他面向我問道：

「這又是德文嗎？請你再讀讀看吧！」

與方才所見到的紙張、大小甚至字體都相同。

讀著讀著，心中不禁無比的震驚。紙張上以德文寫著：

「記起一九二二年四月二十四日的事吧！」

啊，為什麼，這不正是我的出生年月日嗎？

「怎，怎麼了？」

看見我震驚的模樣，局長驚慌地質問著。

「寫著『記起一九二二年四月二十四日的事吧！』那天正好是我的出生日期啊！」

「喔！」

局長以懷疑的眼神望著我說：

「還寫著什麼嗎？」

「沒有了！」

剛才在警局看見相同的紙張時，還無法意會過來，如今我終於明白了。這些紙張，原來是某人寄給毛沼博士的恐嚇信。之前的紙張雖僅寫著回憶起二十二年前的事，但這張紙張則明確地寫上了年月日。而且還正好是我的出生日期，若再加上那些猶如血型般的記號，說不定就是在暗指我的事情：O×B→A，難道是在說為什麼O型的母親與B型的父親會生下A型的我。我愈來愈不明白了。但是，唯一可以證明的是，我已經捲入毛沼博士意外死亡的漩渦裡了。

三點疑問

近中午時分，我終於得以返家了。按捺住劇烈的頭痛，步出毛沼博士的宅邸，突然間，就被守候的記者包圍了。

「請問你與毛沼博士的關係？」

「毛沼博士是自殺嗎？」

「博士的死與女人有關嗎？」

記者們揮動著筆桿，任意發問著各種問題。

我努力穿過包圍的人群，終於回到了宿舍。但宿舍門口仍有大批記者守候著，為了進入宿舍，我又不得不再次地接受各報記者的疲勞轟炸。最後我甚至想大哭起來了。

直到兩點左右，記者們終於放我走了。我連思考的氣力都消失殆盡了，攤開床鋪，立刻鑽進去躺著。但是頭痛又疲倦，根本無法安心入眠。儘管如此，也無法再想些煩人的事情了。閉上眼睛，腦海卻不斷浮現過去經歷過的事或讀過的書中，那些令人作嘔的恐怖事件。昏昏沉沉中，又立刻張開了眼睛，就這樣直到黃昏時分。

傍晚時我起身外出，買了各大報社的晚報回來。我想，每個人都有這樣的經驗吧，遇上了與自己相關的新聞報導時，總會詳細地閱讀過。儘管目前案情尚未理出頭緒，但因為是與自己息息相關的事件，我開始專注地詳細閱讀。

報導中隻字未提到我被叫到警局偵訊，以及在案發現場所看到的詳細情況，反而將事件隱喻得曖昧不清。

其實各大報的報導皆大同小異，綜合所有的記載描述大致可以歸納如下：

毛沼博士於今天早晨八點，被發現死於寢室的床上。房間裡充滿著瓦斯味，與暖爐連接的排氣管被拔除了，因此從瓦斯管溢出大量的瓦斯氣體。死後約七、八個小時屍體才被發現，由於身上毫無外傷，所以研判死因應該是瓦斯中毒。

前晚，博士出席了M高中校友會的聚餐，因為喝得酩酊大醉，所以由一名學生攙扶回家。約十點左右到家後即準備就寢，但似乎在就寢後，又再度起身將門由內反鎖。也許在起身鎖門之際，不小心勾到瓦斯管線，造成瓦斯中毒的悲劇。

不過，博士最近似乎經常收到類似威脅恐嚇的信件，為了以防萬一，所以隨身攜帶手槍防身。因此儘管喝得爛醉，仍執意起身鎖上房門，以至於在昏沉中踢翻了暖爐，而

造成瓦斯外洩又不自知。但事件的詳細狀況仍待有關當局的調查。

儘管經現場的警察勘查結果，證明是瓦斯中毒致死，但為了慎重起見，仍決定送至大學解剖檢查。原本是由法醫學的權威笠神博士操刀，但因種種緣故而改由宮內助教執行驗屍的工作。

從報導中，可以感覺到有關當局似乎對於毛沼博士的死因存有一絲的疑惑。據警方的推測，博士是在死後七、八個小時才被發現，也就是大約早晨八點左右。所以，博士的死亡時刻應該是深夜的十二點左右，正是我返家後兩個小時內所發生的。兩個小時的瓦斯外洩，就足以令人致死嗎？雖然報導中未提及此部分，但這卻是我所抱持的一大疑點。

第二，就是除了我以外，沒有人知道的事情。也就是雜誌上被撕去的照片，若不是毛沼博士起身撕去的，那一定有某個人闖進屋裡了。但是，這個人又是以什麼方式偷溜進去的呢？房門反鎖，非得經過博士的許可才能進入啊！還是，這個人趁博士尚未鎖門前就已經進到屋內，撕去了照片後又悄悄地溜走，待博士驚醒後才連忙起身鎖門。但除學術價值外，外人看來僅是恐怖的絞死照片，又有誰會想要呢？這麼說起來，假設是毛沼博士自己撕去照片的，那照片又在何處呢？這也是案情相當重要的關鍵之一。

第三，那些怪異的恐嚇信，為何寫著我的出生年月日，是巧合嗎？若是巧合，又為什麼這麼恰好呢？若不是巧合又意味著什麼事呢？的確是令人猜不透啊！

突然間，我想到書箱裡的無機化學教科書，趕緊翻到一氧化碳的部分。原來國內所使用的燃料瓦斯是石炭瓦斯與水成瓦斯的混合氣體，約含有一定百分比的一氧化碳。由於一氧化碳的毒性強，所以所謂的瓦斯中毒，其實正是一氧化碳中毒所致。

教科書中針對一氧化碳，有以下的說明：

是無色無味的氣體，但毒性極強。十萬容積量的空氣中僅含一容積量時，就足以讓人產生中毒的現象；八百容積量的空氣中含有一容積的一氧化碳時，僅需三十分鐘就能令人致死。這是因為吸入一氧化碳後，一氧化碳會與血液中的血紅素結合，使血紅素喪失運送氧氣的機能。

我拿出紙筆，試著計算看看。毛沼博士的寢室大約十二個榻榻米大小，若以十二乘以十八尺來計算，天花板的高度約十尺，則房間的容積約兩千兩百立方尺。雖然瓦斯的溢出量無法測量得知，但依據所學，應該每分鐘最多可溢出五公升的瓦斯氣體。也就是說一小時三百公升，約十立方尺。假設毛沼博士是在凌晨一點死亡，那麼瓦斯漏氣的時間為兩小時半，也就是二十五立方尺。若以瓦斯氣體的一氧化碳含量為八%，那麼兩千兩百立方尺的空氣裡約〇・一%以下的毒氣。即使在兩個小時後達到最高濃度，也無法引人致死。在未解剖屍體之前，博士氣絕身亡的正確時間仍不得而知，這樣的推論或許太過草率，但無論如何博士的死仍是相當不尋常。

然而，我仍無法想像還有其他原因造成博士的死亡，既沒有外傷，所以似乎只能歸咎於瓦斯中毒引起的。

我的頭又開始隱隱作痛，拋開紙與筆，我累得躺在地板上。

撕下的照片

翌日來到學校，儘管大家並沒有做了什麼錯事，但是彼此照面時總有說不出的低迷氣氛。儘管已經沒有新聞記者的騷擾，但同學們還是向我提出了許多問題。當天，出席了笠神博士的講課，在上課前博士哀悼了意外死亡的毛沼博士，然後即開始了以往的講課。突然間，有位學生發問道：

「教授，毛沼教授的死因是瓦斯中毒嗎？」

笠神博士注視著那位學生說：

「我想應該是如此的。但為了確定確實的死因，本來必須由我進行解剖調查。可是因為種種因素，目前則改由宮內助教擔任。剛才我略微詢問了一下，聽說確實是一氧化碳中毒所造成的。」

雖然博士上課時的氣氛嚴肅，但今天似乎有變本加厲的感覺，學生們也不敢再多問其他問題了，於是就在沉默中結束了話題。我原本想詢問有關死亡的時間，但總覺得私底下也可以詢問，所以最後便作罷。

博士開始講課，但似乎若有所思的模樣，或許是同事發生了這樣的意外，而感覺到悲傷吧，我猜測著。

下課後，我來到博士的辦公室。

「沒想到毛沼博士發生這樣的不幸。」

「是啊！的確是不幸。不過，也讓你添了許多煩麻啊！」

「不會的，其實也沒什麼大不了的。博士，我認為毛沼博士應該是在十二點左右死亡的，你覺得呢？」

「根據宮內助教的鑑定，應該是在十一點到一點時發生的。」

「十一點？那麼，就在我離開後不到三十分鐘的時間內發生的。」

「有關死亡時間僅是推測，並不能確定究竟是幾點發生的。不過，應該近一點左右吧？」

「假設是一點的話，在我離開博士後，僅有兩個小時的時間，溢出的瓦斯足以令人中毒致死嗎？」

「還是有可能的。」

博士突然停了半晌思索著：

「也許當時呈現了休克的狀態。」

「那麼，也就是說休克後才造成死亡。」

「也有這樣的可能。」

「這樣的話，死亡的時刻應該是……」

博士刻意地迴避我的問題：

「這很難回答，特別是瓦斯中毒的情況會讓調查更棘手。」

「是嗎？」

雖然覺得有些奇怪，但既然是出自法醫權威之口，也不得不臣服相信。

「那件事先暫且擱下吧！」

博士似乎語帶含意地對我說：

「有些話想要跟你說，今天可以到我家一趟嗎？」

「好的。」

雖然不知道究竟是何事，但我即刻答應了博士的邀請。畢竟到博士的宅邸，與博士聊天是目前最愉快的時光了。

當天的晚報，有關毛沼博士的報導僅以數行帶過。屍體解剖的結果證實是一氧化碳中毒致死，有關當局根據事件的前因後果，決定以瓦斯中毒意外致死結案。

當夜我來到了笠神博士的家中。博士顯得非常的高興，一如往常我們在書房裡聊了許多事，但絲毫未提及白天時那個語帶保留的話題。有時候，以為博士就要提及了，沒想到又回到學術上的話題。就這樣來來回回數次後，我終於確定博士應該沒有特別的事情要交代。但是，博士或許極力地想要說出什麼似的，最後卻僅是默默地嘆氣，然後又繼續其他學術上的話題。如果當時我能察覺到博士的異樣，積極地詢問博士，或許就不會造成日後的悲劇發生了，我真是遺憾至極啊！

毛沼博士的喪禮，由笠神博士擔任喪禮委員會長，盛大地籌備完成。由於毛沼博士交友廣闊，參與悼祭的各界人士有兩千名以上，其中更不乏數百名的知名人士。然後這一切猶如短暫的燦爛煙火般，喪禮結束後，無妻子也無子嗣的博士，終究是孤零零地被送進了火葬場化為一縷青煙。儘管生前備受擁護，但竟沒有一位友人願意陪同他走到盡頭。

一個禮拜過去，又一個禮拜過去了，終於大家幾乎不再記起毛沼博士的事了。學校、學生們、他的朋友或每個人，都已經忘了毛沼博士的存在了。如果有人問起毛沼博士的事時，說不定還會有人回答說：「啊，毛沼博士，對啊，好像曾經聽說過這個人啊！」這個世界上，恐怕只有我一個人還記得毛沼博士的死吧！

我懷抱的三點疑問，即使已經經過這些時日仍無法拂去。尤其是恐嚇信裡的每字每句，更是隨著時間益發鮮明地刻印在我的腦海中。「想起二十二年前的事吧！」還有我的出生年月日，難道與我沒有任何關連嗎？

但是，如果沒有遭遇到接下來發生的事情，或許我也會如同每個人一樣，逐漸淡忘掉毛沼博士的事。可是，命運似乎仍不願意放過我，而必須把我推入更深的痛苦深淵。

就在毛沼博士死後的半個月吧，我又如往昔來到笠神博士的家中。

如前面所敘述的，我們之間隨著每次的會晤而更加親密，而且嚴格說來，應該是博士很積極地期待與我建立起如師如父的關係。當然，每次與博士相處時，就更加堅信他的慈愛與正直，以及那些數不清的優點。儘管對博士的敬愛之情遽增，但博士似乎也漸漸從老師的身分轉化為猶如父親的角色，感覺若有一天我離開了他，他恐怕會悲傷萬分，因而始終委屈著自己，希望能討好我留住我。自從毛沼博士死後，這種情況就愈來愈嚴重，簡直就像對待愛人的方式，我的內心不禁升起淡淡的反感。

那天，我們一如往常談了許多話，直到晚餐的時間——當時夫人也一同用餐。但不可思議的是，那個眾人皆知對待夫人冷淡的博士，突然開始改變了他的態度，對夫人既親切又溫柔。應該是毛沼博士意外死亡之後吧，態度頓時大逆轉，雖不至於到達體貼入微的地步，但幾乎較世間的一般夫妻，更加地忠貞恩愛。夫人雖滿心喜悅地接納這樣的轉變，但內心似乎仍還有幾許的惶恐。過去，絕對不可能大家共桌用餐，但那天我們三人終於一起享用了一頓愉快的晚餐——晚餐過後，夫人退至廚房清洗碗盤，博士仍坐在椅子上休息，我則漫不經心翻動著博士書桌上的書籍，就在翻頁間，突然從中間掉落下什麼東西。

我急忙彎下身撿拾，這才發現原來是博士一直很想得到的那雜誌上的照片。不知何時博士竟已經取得了，我望著照片，忽然間臉色為之大變。照片的一角缺了個口，而且頁面的切口參差不齊，不像剪刀剪下的痕跡，而是以手撕下的。而那個缺口，我依舊還有印象，應該就是毛沼博士的那本雜誌上遺留的一角。若是這張照片與那本雜誌對照比較的話，想必是吻合一致吧！

面對眼前這令人震驚的光景，我僅能茫然注視著照片。不知何時博士已經佇立在我的身後了。

我轉過身，博士蒼白著臉不知所措，然後突然裝作若無其事地說：

「啊，忘了告訴你，我已經找到想要的照片了。」

接著又坐回原來的座位上，但是我聽得出他的聲音有些怪異。我也假裝什麼事都未發生似地回答：

「是這樣啊，我也很努力地找尋，但就是找不到啊！」

「我是在經常閒逛的舊書店裡找到的。因為雜誌的其他部分已經有人預定了，所以就拜託讓我取走照片的部分就好。」

我知道博士在說謊，若真是從舊書店取得的，應該會以剪刀小心剪下，而不是以粗暴的方式撕去。平時為人正直的博士竟會說謊，的確令人感到驚訝。

博士繼續辯解說：

「曾經託你尋找，既然找到了，本該告訴你的，但因許多事耽誤而忘記了，真是抱歉。」

「請不要介意。」

我將照片夾進原來的書頁裡，然後放回書桌上，立刻轉移話題。博士對於我的反應似乎也感到鬆了一口氣，從此不再提起關於照片的事。

但是我實在無法掩飾心中的疑慮。博士彷彿也看出了我的心事，而讓我早些告辭回家了。

誰是偷竊者？

發現照片的去向後，我的心日益地沉重。

笠神博士家中的照片，毫無疑問地，應該是毛沼博士擁有的雜誌中被撕去的部分。那本雜誌極為稀有，笠神博士與我曾經那麼費盡心力尋找，終究徒勞無功。雖然，笠神博士所持有的照片的確是撕下的，但欠缺的一角，以及粗暴撕去的痕跡卻是歷歷在目，難道還有另一本雜誌，也同樣被撕去了照片，甚至還留下相同的缺角嗎？再者，這是極為稀有珍貴的雜誌，若要取下照片也應該會小心翼翼，應該不可能以如此粗暴的方式對待。

如果照片是從毛沼博士那兒取得的，又是誰取得呢？若是無關的第三者再交給笠神博士，不知情的笠神博士應該就不會說謊了，恐怕收到照片的當天即沾沾自喜地向我炫耀吧！博士之所以要隱瞞照片的事情，且在我不慎察覺時又說謊辯解，想必博士取得照片的途徑，應該有違常理吧！也就是說：

一、博士是以不正當的手段取得照片。

二、第三者以不正當的手段取得照片，而博士儘管知情仍購買下來。

無論哪個才是正確的，那個人是在毛沼博士瓦斯中毒的夜晚，也就是我離開房間後，潛入寢室內盜取照片的。

假設是第三者所為，那麼就有可能是以下的兩種狀況：

一、受博士之託而潛入偷取。

二、因其他目的潛入，偶然發現照片，知道其中的隱情，於是轉賣給博士。

但是，我實在無法認同第一個假設。畢竟笠神博士不可能知道毛沼博士擁有他想要的雜誌。就算知道，應該也會向我提及此事吧！而且縱使知情，直接向毛沼博士商量，博士應該會讓我知道。假設毛沼博士拒絕割愛，笠神博士也不可能會託人潛入偷取。儘管是稀有珍貴的照片，但實在不需要如此冒險啊！

若是第二個情況，笠神博士明知照片是經由不正當途徑取得，更不可能會去購買的。若是在不知情的情況下買下的，在我發現照片時，也應該會立刻回答「是某個人送給我的」或「向某人購買的」。

這麼判斷的結果，似乎第一與第二的情況都不合邏輯。

既然第三者取得後再交給博士的論點無法成立，再回到前面的假設，就是博士自己潛入房間內取得的。

回想那一晚博士的情形，笠神博士比毛沼博士早些離開，難道他沒有直接回家嗎？

假設笠神博士因為某種理由，而必須早些離開聚會，順道到了毛沼博士的家。當時正巧遇到毛沼博士酩酊大醉之際，管家、女傭和我三人抬著他進去寢室，所以玄關無人看管，博士就趁機潛入某個房間躲了起來。

然後直到我回去後，管家和女傭正在整理毛沼博士所脫下的衣物時，笠神博士又趁隙溜進了寢室裡。撕去了雜誌上的照片，再悄悄地離開。管家或女傭也沒有注意到。稍後博士睜開了雙眼，連忙起身鎖門再回到床上睡覺。這樣的假設似乎比較合情合理。

可是我不得不再次提及，假設笠神博士真的潛入毛沼博士的寢室裡，難道就僅是為了一張照片嗎？也許笠神博士不知道毛沼博士擁有這樣的照片，縱使知道了，有必要如此冒險取得照片嗎？

那麼，笠神博士的目的又為了什麼呢？

在此，我不禁大膽地假設，雖然始終想不到任何笠神博士必須殺死毛沼博士的理由，但冒險潛入毛沼博士的寢室裡，應該脫不了殺害的理由吧！

偷偷地溜進房間裡，然後拔掉瓦斯管，再逃出來——這的確有可能啊！

但是，如果真是這樣，從裡面反鎖的房門又該如何解釋呢？毛沼博士醒來時而預備鎖門之際，難道未察覺瓦斯漏氣的聲音，或聞到異樣氣體的味道嗎？既然警覺到應該鎖上房門，又為何未察覺到瓦斯漏氣的徵兆呢。而有關鎖上門後，踢掉瓦斯管而造成瓦斯漏氣的說法，同樣地也是不合邏輯。除非是喝得爛醉，已經醉得失去了知覺，導致無法感覺到略微的刺激，才有可能踢掉了瓦斯管而仍不自知，但也不可能就這樣安穩地死在床上。

也許經過一定的睡眠時間，可能是三十分鐘或一個小時的短暫時間，終於恢復了知覺。也許是因為恢復了知覺，才驚醒過來，所以毛沼博士又回到床上躺下，但既然已經恢復了知覺，怎可能無法察覺到瓦斯漏氣。況且，那天毛沼博士並沒有喝到爛醉，他還能自己脫去衣物，並對我說「可以回去了！」還不至於到達不省人事的地步。若是喝得爛醉，恐怕早已熟睡至天明，也不可能又起身鎖上門。假設睡至凌晨一點左右起身鎖上房門，可見醉意已經褪去，更不可能踢掉了瓦斯管。

思索，再思索，仍無法想出個道理。就像循環小數般，從無限又回歸到了原點打轉。

啊，我真希望能快點忘卻這些事情啊！

但是，我終究無法忘卻那張彷彿受到詛咒的照片，為什麼要讓我親眼目睹它的存在呢？

無論如何，我都不願傷害到笠神博士。因為我對博士如師如父，打從心底敬愛他、尊敬他。如果博士遭到任何的懷疑，我都會不顧一切地為他辯護，甚至犧牲生命也在所不惜。所以，我實在無法對博士心存懷疑。

然而我的疑惑，又是多麼的偏執，又是多麼宿命且擺脫不掉的命運啊！縱使笠神博士真的潛入了毛沼博士的寢室，又為著多麼駭人聽聞的目的，我仍不願檢舉笠神博士的罪行。假使博士不幸遭到了檢舉，我也願意挺身而出為他頂罪。但儘管如此，我終究還是無法消弭心中的疑慮。我想知道真相，想知道笠神博士不為人知的祕密，想知道博士潛入毛沼博士寢室的理由，更想知道有關恐嚇信的祕密。

起初，我完全不曾懷疑笠神博士可能寄了恐嚇信給毛沼博士。但是以德文書寫的恐嚇信，以及像暗示血型的記號，還有笠神博士持有毛沼博士所遺失的照片，由種種跡象看來，都不得不聯想到笠神博士就是寄出恐嚇信的人。

兩位博士之間，一定有什麼不足外人道的祕密。而那個祕密，恐怕又與夫人有關吧？二十多年前的三角戀愛關係，為何還未曲終人散呢？難道還留著什麼尚未算清楚的嗎？

折磨人心的懷疑，讓我想忘也忘不掉，愈是努力克制，卻反而愈發地加深。無論是睡著醒著，腦海中就僅有這件事。我想自己是不是要想到生病了，才有終止的一天呢？

若我不能憑藉自己的力量，解開這個催磨心力的疑惑，恐怕再也無法振作起精神做其他的事了。

探究敬愛的笠神博士的祕密，單憑想像就令我感覺難受，卻又不得不這麼做。我害怕博士察覺異樣，所以小心翼翼且若無其事般地詢問博士，甚至與夫人談了許多話，也問過熟知博士過去的人，總之就是盡力探究，卻仍無所獲。

於是，我又再度企圖解開毛沼博士意外死亡那晚的謎底。儘管如此，唯一令人無法理解的就是關於寢室房門反鎖的疑點。當時報紙的報導，已經無法滿足我的好奇心。為了確定其真實性，我屢屢拜訪了毛沼博士的前任管家。根據管家的說辭，房門的確是從裡面反鎖的，而且窗戶也是反鎖的狀態。我想起了偵探小說中經常會出現的伎倆。有關從外側故意營造由內側反鎖的假象，國外的偵探作家也曾絞盡腦汁，思索出兩、三種的方法。但是，實際上是不可能辦到的，就印象中毛沼博士寢室的房門，再加上管家詳細的說明，更加徹底排除了偵探作家們的推測。毛沼博士在密閉空間暴斃的事，是無庸置疑的。因此，檢警單位依瓦斯漏氣中毒意外死亡而結案，也是理所當然的結果。

但是，瓦斯管真的那麼容易就脫落嗎？又為什麼毛沼博士未留意到異狀呢？再者，原本不翼而飛的照片又為何流入笠神博士的手中呢？

如果我未發覺那張照片，也許尋找各種的蛛絲馬跡，或許會真的以為毛沼博士是意外死亡或自殺。但不知是幸運還是不幸，竟讓我發現了那照片的存在。

發現照片去向後的第五天，也就是事件過後的第二十天。我回到下榻的宿舍，由於腳有些髒污，所以並未從大門進入而改由廚房進去。閃過眼前的是一個普通的瓦斯計量器。紅色箱型狀的計量器，附著一個大大的栓鎖，只要鎖上栓鎖，瓦斯就無法流入每個房間。儘管宿舍裡不提供瓦斯暖爐，但房東太太總是再三叮嚀女傭，每晚必須鎖上栓鎖，以防瓦斯漏氣等的意外事故發生。

因此，如果徹夜使用瓦斯暖爐，就無法緊閉栓鎖了，否則暖爐也無法使用了。

想到此，我突然頓悟得跳了起來。就像被命令鑑定黃金皇冠真假的阿基米德，在百思不解的情況下泡入澡堂，看見溢出澡盆的水時，突然豁然開朗地叫著「找到了！找到了！」如今我也激動地幾乎想要大喊「找到了！」

假使暖爐點著時，若關掉計量器的栓鎖，暖爐還是無法發揮作用，若再次打開後，想必瓦斯一定會大量噴出，這是再簡單不過的道理了。

笠神博士——不僅是他，或許其他人趁我和管家們進入毛沼博士的寢室時，偷偷潛入了屋內，屏息以待。然後先關掉廚房的計量器栓鎖，之後再進入寢室拔掉瓦斯排氣管，此時當然沒有任何瓦斯漏氣的現象。隨後毛沼博士不知為何突然醒了過來，起身將房門鎖上。因為暖爐並沒有點著，所以也察覺不到瓦斯漏氣，博士又返回床上躺下後，那個人再到廚房打開栓鎖。接著，房間內就充滿了瓦斯。

這樣的解釋，似乎尚不完整，畢竟那個人又怎麼會知道博士起身反鎖門呢？而起身鎖門再躺回床上的博士，又怎麼會熟睡到未察覺瓦斯漏氣呢？最大的疑點就是，博士在我們離開後的兩個小時之內即死亡，依照前述的判斷，毛沼博士恐怕是在起身後返回床上不久即死亡，那麼就算打開了栓鎖，恐怕也已經無法察覺瓦斯漏氣的氣味與異狀了。

而博士究竟是怎麼死亡的，其實很簡單，根據法醫權威的證實，博士的確是一氧化碳中毒死亡。因此，可以判斷絕對是一氧化碳致死。也許博士死亡時，瓦斯尚未開始漏氣，就算已經漏氣了，其總含量的一氧化碳也不足以令人致死。所以，二減一消去法得知，一氧化碳應該是以別種方式傳送進屋內的。

將一氧化碳送入毛沼博士寢室，然後營造瓦斯管掉落，瓦斯漏氣而中毒致死的假象。

但是，含有劇毒的一氧化碳氣體又是如何送入寢室內的呢？在此，我又有了重大的發現，其實所謂的發現僅是當時腦海一閃而過的念頭罷了。

一氧化碳的產生方法並不困難。但是，必須擁有齊全的裝備，同時必須加入硫酸的劇烈藥物一起加熱。潛入他人的家中製造一氧化碳是件困難重重的事。若僅是少量，則又必須接近對方，盡可能在接近鼻子附近直接施放。若是由室外傳送到室內，則必須有橡皮管線。若躲在天花板，通風孔處鋪設有細孔的紗網，根本不可能穿過橡皮管線。再說，比空氣較輕的氣體，從上面傳送，效果反而不佳。

一般瓦斯是被壓縮存放在鐵製的加壓容器中存放，只要施壓，就可以從室外傳送至室內，但即使如此，仍必須有導管才能輸送。而且鐵製容器通常都是厚重的鐵打造製成，非常沉重，一個人的力量是無法攜帶潛入他人的家中。

再者則是液體瓦斯。只要放進特殊的容器裡，就可以輕鬆攜帶了。只要放在天花板的通風孔，讓其掉落地板，甚至不需要掉落即可自行氧化，達到致死的目的。

但是，液化的一氧化碳必須在極低溫的環境下產生（臨界溫度零下一三九度，沸點零下一九〇度），與二氧化碳不同，極為稀有。二氧化碳也稱作碳酸瓦斯，由於容易液化（臨界溫度三一度，昇華點零下七九度），通常使用於家庭用的碳酸水製造器內。然而，一氧化碳仍是可以液化的，空氣中只要含有一％的成分，二分鐘內就足以令人致死。所以是純度相當高的物質，很容易讓人立即斃命。

我為何會聯想到液化一氧化碳，實在是因為事件當天，局長在現場的地毯上發現了相當直徑一吋的燒焦痕跡。只要做過液態空氣實驗的人應該都知道，液態空氣極為低溫，接觸後會急速地奪走溫度，若肌膚碰觸後則會出現猶如灼傷的現象，橡膠等接觸後則燒焦得如陶土般，但輕輕碰觸後卻又隨即粉碎。

液化的一氧化碳，其低溫的溫度與液態空氣並無差異，若溢到地毯上，也必定會產生燒焦的模樣。我當時完全未察覺到，燒焦的地方就在床頭附近，也就是接近天花板通風孔的正下方。

另外，事發當天洗手檯的水無法流出，根據管家的解釋，因為當天清晨東京地區極為寒冷，所以連自來水管都結凍了。這個理由似乎極具說服力，但試想當時已經是十點左右，氣溫也大致回升，如果水管仍舊呈現凍結的狀態似乎有些牽強。洗手檯就在床頭附近，所以通風孔正處於床頭與洗手檯之間，若是極低溫的液化瓦斯經過氣化，極有可能造成周遭的低溫現象，而使得水管結凍無法流出水。此情況的凍結程度與範圍較廣，同時也較不容易恢復原有的溫度狀態。

儘管推測仍有瑕疵之處，卻似乎可以解讀犯罪的方法。

然而，犯人又是誰？犯罪的動機、恐嚇信的含意，以及犯人潛入寢室後，如何在被害者反鎖房門的狀態下行凶？這些卻是令人摸不著頭緒。能解開的謎底，似乎僅有少許的部分，事件的本身仍舊是疑雲重重。

所以，我還是必須如此地煎熬下去！

笠神博士的遺書

就在我懷疑是否是液化瓦斯後，又持續左思右想苦惱了一個禮拜。突然驚聞笠神博士夫婦自殺的消息，而在無法比擬的驚駭中結束了長久以來的疑慮與苦惱。

當我聽到那個消息，整個人猶如失魂落魄般。

笠神博士的遺書除了一封公開信之外，另外一封則是署名給我的。公開的遺書中說明了夫婦自殺的理由，以及宣告將遺產全部留給我，並希望我能代為處理喪禮及其他的後事。

至於署名給我的遺書中，信的開頭即言明一年之內絕不可公開此信。我讀完信後，原本想立刻追隨笠神博士夫婦之後，也自殺離開人世。但是為了笠神博士的後事而不得不暫時忍住悲痛，就這樣含苦負重地苟且度過了一年。如今我決定公布遺書中的內容，但隨後又會對社會造成怎樣的影響呢？是否又會再度引起記者的糾纏？我的父母親又會怎麼看待此事？這些都是我所害怕的。在公開博士的遺書後，我也將隨著故事的曲終人散，遠走他鄉到一個沒人知道的地方。但是，我一定會堅守博士的教誨，絕不會走上自殺之路。

致鵜澤憲一：

與你短暫的相處，卻能打從心底相知相惜，實在是我此生最大的幸福了。我由衷地感謝上蒼。我與妻子即將因為下述的理由，而前往另一個世界了。你一定會悲傷得痛不欲生吧！這也是最令我擔心的問題。但是，你是一個有為的青年，為了你的雙親，為了我們夫妻，也為了國家與社會，你必須負起這些重大的責任走完人生。我們夫妻有著不

得已的理由必須以死謝罪，而遺留你於人世，這是我們死後唯一的安慰與希望。所以我懇切地請求你，絕不可以有任何尋死的念頭，請達成我們夫妻的心願，堅強地活下去吧！成為一個有作為的人，並悼念祈求我們夫妻的安息，那將勝過聖僧的千萬遍誦經。

我該從何說起呢？你應該也聽過我與毛沼博士之間的事吧！我們兩人來自同一故鄉，到大學畢業甚至擔任教授，一路走來幾乎是完全相同的境遇。我們在各方面成為競爭的對手，最後竟造成彼此雙雙身亡。但是，這是我們兩人無法擺脫的宿命，即使現在深感後悔也來不及了。

大學畢業後，我們兩人同時愛上了某位女性，為了她，我們又必須在戀愛的路上爭出高下。而這位女性，我想你應該已經知道了，也就是我的妻子。

如你所知，毛沼博士是個能言善道的人，而我的個性則與毛沼博士完全相反。所以在男女的交往上，我應該不是他的對手。當時，妻子也曾一時迷戀毛沼博士的魅力。妻子尚未婚嫁時，曾與毛沼博士如同親密的朋友般交往過。那時的我既羨慕又嫉妒，僅能遠遠地望著他們無力而為。但，最後她終於發現到毛沼博士真正的面目，其實是個陰險卑劣又自私的人。妻子決定慢慢地遠離他，然而某天卻差點遭到毛沼博士的玷汙，她忍著悲痛逃離現場，從此發誓不再靠近毛沼博士。那個事件之後不久，我們即步入禮堂。

表面上，毛沼博士祝福我們的婚禮，並致贈賀禮，在婚禮上發表賀詞祝賀。當時，我們真的不知道他是如此險惡的人，以為他是真心懷抱著祝福之心，沒想到其實他在暗地裡，已經睜大雙眼等待伺機報復的機會。

毫不知情的我們，仍沉醉在新婚的幸福中。不久妻子隨即懷孕，婚後不到一年的時間，我們就擁有了一個可愛的小男嬰。

但不過三年的時間，不幸就敲開了我們的大門。如你所知，當時我正開始研究血型，於是自然地也採集了妻子、孩子的血液進行研究調查。可是，我的血型是A，而妻子則是O型，但孩子竟是B型。無論怎麼反覆檢驗，都是相同的結果。

學術理論上，A型與O型是絕不可能生下B型的孩子。如果我們的情況屬於特例的話，過去所做的血型研究就等於毫無價值可言了，所有的學術研究就必須重新被推翻，而重頭開始了。但是，我的妻子是如此貞潔善良的女人，我實在沒有理由去懷疑她。可是，在科學理論上，我們的確也不可能孕育出B型的孩子啊！

身為一個研究者，的確是我的悲哀。我希望相信妻子的堅貞，但又無法抗拒科學的驗證。當然，當時的血型研究尚未完成，並非具有絕對性，但同樣地，妻子的貞淑也不是絕對的。假設妻子在結婚前，或是趁我不在外出時，與他人發生了姦情，這些都是科學所無法預知的啊！

我的內心極為苦悶。究竟應該相信科學，還是信任自己的妻子。我日益憂鬱，原本已經沉默寡言的我，更是消沉地不願說話。我唯一能做的，就是更加專心於血型的研究。消極地期待自己有一天能推翻過去的論點，以證明妻子的貞潔。但若是無法推翻過去的論點，也等於為妻子烙下不貞的印記。也許她婚前與毛沼博士交往時，即已經遭到他的玷汙，懷著他的骨肉與我結婚，對的，一定是這樣的，因為毛沼博士的血型正是B型啊！

不管我如何克制自己的幻想，總是無法摒除對妻子的懷疑與惡意。我更加地專注在研究上，而妻子也完全不知道有關血型的事。妻子對於我的冷漠態度，總是寬容地解釋是個性與專注研究的結果。我的冷淡，也更加深妻子嚴守她自己的言行舉止。我甚至為了證明妻子的貞潔，根本不願履行夫妻間床笫之義務。

那個可憐的孩子，不知是幸還是不幸，在十一歲時即死去了。直到如今，我都會為了那可憐的孩子潸然落淚。他不僅從未享受到父愛，還如此孤苦無依地離開人世，真是個悲哀的孩子啊！

我的研究持續進行著，但所得到的結果盡是證明妻子不貞的論點。啊，這二十年來，我們夫妻不像是夫妻，妻子飽受到丈夫的冷落與懷疑，她真是個可憐的女人啊，而我，又何嘗不是個可悲的丈夫呢！

就這樣，我們還必須繼續再一起生活十年或二十年。但畢竟老天對我們並不是真的無情與殘忍。能在眾多學生中認識你，我從不認為僅是偶然，如果你與其他的學生無異，也絕不會與我相識吧！又碰巧你對血型的研究有興趣，而發現了你與雙親、弟妹的血型不吻合。這一切都是天意，而不是巧合！

啊，我實在忘不了當時的驚愕。當我知道你的父親是B型、母親是O型，而你自己是A型時，為了慎重起見，我決定親自檢定。結果還是同樣的。

而最讓我吃驚的是，原來你也是在K醫院出生的，直到詢問到你的出生年月日時，我簡直要抓狂了。

說到這裡，你應該察覺到事情的真相了吧！我那死去的孩子也是在K醫院出生的，而且與你是同年同月同日所生。你竟與我那死去的孩子是同年同月同日生啊！

初生嬰兒除了性別之外，並無顯著之特徵。故過去的醫院產房，往往因為處理上的疏失或錯誤，而造成抱錯嬰孩的案例。因此，醫院為了避免失誤，會在衣服上別上絲線，或是以號碼標示區別。在美國各大都市，為了避免失誤，又因為初生嬰孩的手紋取得不易，故以足紋取代。因此，K醫院也採用同樣的方式，實在不可能會發生抱錯嬰孩的疏失。但是，若是故意的情況，就另當別論了。

而會故意將我們的孩子調包，除了毛沼博士之外，實在不做第二人想啊！而這又是何等無情且殘忍的報復啊！

聽聞有關你的血型、在K醫院出生、出生年月日等事情後，我隨即盡可能地展開調查。結果，果然是毛沼博士的奸計。K醫院的產房前方即是整形外科的手術室，而當時毛沼博士的朋友正是整形外科的醫師，受到賄賂，於是在妻子生產前晚，始終待在整形外科不肯離去。如果我死去的孩子與你，能夠重新回到親生父母的身邊，就不會出現與學術論點無法吻合的矛盾。

任何報復的方式，沒有比拆散人倫更慘絕人寰。也因此，我們夫妻必須承受喪失親生孩子的劇痛，直到死去都無法方休。我能做的只有殺死他，再也想不出其他的方法了。當然，僅是殺死他，似乎太便宜他了。我必須讓他知道，他自己做了什麼樣的壞事。所以，我寄了恐嚇信給他，要他想起孩子出生時的事情，以及暗示血型的記號。果然不出我所料，他開始變得神經緊繃，時時隨身攜帶護身用的手槍，甚至隨時記得鎖上房門。他的所有行為，無非是宣告他自己的罪行。

那夜我潛入他的家中，直到你離去後，我進入了他的寢室，在暖爐裡加入了劇毒。

當時隨意望見放在桌上的雜誌，便氣憤地將照片撕去，因此才造成日後你的懷疑。

在暖爐裡加入劇毒後，我隨即把毛沼搖醒。他睜開雙眼，極為恐懼，慌張中企圖取出手槍，但即刻被我制止。我斥責他過去所犯下的罪行，並揚言日後一定會來報復，然後趁他不知所措之際連忙離開屋內。如我所料，他並未聲張喚醒家人，僅是立刻起身從裡面反鎖房門，完全中了我的計謀。待他回到床上後，我則利用某種方法將劇毒隨著暖爐釋放出來。至於詳細的殺害方式，我不便說明，還請你見諒。而我的計謀果然成功了，除了你之外，所有的人都認定是瓦斯中毒意外死亡。

最初，我是因為毛沼博士以這種陰險的方式害苦了我們夫妻倆，所以也準備以同樣陰險的方式加害於他。但是，終於逃不過良心的苛責。尤其是發現你開始懷疑時，更讓我不知如何是好。所以，我決定自殺謝罪。妻子聽聞我的念頭後，也願意隨我而去，於是我們決定一起離開這個世界。

我們夫妻生前最大的心願，就是希望你能認祖歸宗，成為我們真正的孩子。但是，好幾次話到了嘴邊，仍不知如何開口。因為，我曾經對待那個與我有緣結為父子的孩子是如此冷淡薄情，甚至讓他在幼小時即離開人世。若我現在要求你回到我們身邊，又怎麼對得起你的雙親，他們把你當成是親生的孩子般疼愛照顧啊！我親眼所見，你與雙親、弟妹的長相完全不相似，但他們仍毫無懷疑地愛你、養育你。而我卻是充滿懷疑與苦惱，這樣的我又有什麼資格成為你的父親，不僅對不起死去的孩子，更無顏面對養育你的雙親。最後，我終究無法說出事實的真相。

永別了，請不要忘記信一開頭的約定，成為一個堂堂正正的青年，幸福地生活下去吧！

笠神靜郎

1 本格派為推理小說的流派之一，又稱為正宗、古典派或傳統派。此流派以邏輯至上的推理解謎為主，在驚險離奇的情節與耐人尋味的詭計當中，透過邏輯推理來展開情節。本格派在內容設計上會盡可能地讓讀者和偵探站在同一個水平線上，擁有相同數量的線索，滿足以解謎為樂趣的讀者。

2 木木高太郎，一八九七～一九六九，大腦生理學家、推理小說家、詩人。

3 在老師家或學校補習且工作者稱為學僕。

木魂

木魂

一九三四年五月

發表於《ぷろふいる》

夢野久作

明治二十二年（一八八九年）生於福岡市。本名杉山泰道。父親是知名政界人士杉山茂丸[1]。曾擔任近衛師團[2]步兵少尉、農園經營、謠曲[3]教師、《九州日報》記者等各種工作後，於九州展開文學的創作。大正十一年（一九二二年），以杉山萌圓為筆名發行了童話《白髮小僧》。昭和元年（一九二六年），其〈妖鼓〉於《新青年》舉辦的小說獎中入選為佳作，從此以偵探小說家的身份揚名於文壇。而後，更發表了〈瓶裝地獄〉、〈押繪的奇蹟〉、〈冰崖〉等幽默的作品。昭和十年（一九三五年），嘔心瀝血十餘年的畢生巨著《腦髓地獄》更是備受矚目。儘管評論這樣奇幻怪奇偵探型的大長篇小說，的確相當不容易，但卻是最不容忽視的戰前代表性偵探小說作品。此外，還陸續發表了《犬神博士》、《巡警辭職》、《人肉香腸》等多樣性的作品。昭和十一年（一九三六年），上京中途驟然去世。

曾於《專業偵探》雜誌，發表〈木魂〉等多部短篇小說，作品呈現奇異的獨特風格。從昭和七年（一九三二年）直到辭世以前，其作品幾乎都刊載在該雜誌的每一期中。而後的〈良心・第一義〉與〈表演狂冒險〉則是其遺稿。

我為什麼佇立在這裡？……站在鐵軌的中央，又為什麼茫然地望著自己的腳尖？……若是列車進站，恐怕就要遭到輾斃了啊……

待他察覺的同時，彷彿即將遭到列車輾斃的不祥預感，讓他的背脊一陣發涼。他恐懼地來回環視著被冰霜覆蓋後而變得蒼白的鐵軌。接著戴著深度近視眼鏡的眼睛又再度看著自己的腳尖，那雙混著泥霜與枯葉的軍靴，開始在半腐壞的鐵軌枕木上用力地摩擦，企圖甩掉鞋上的髒污。他重新戴好那頂已經浸濕汗水的帽子，又開始整理已經老舊襤褸的上衣衣領及羊羹色的外套，一邊回頭望著來時路上在枯林樹間依稀可見那自家的鐵皮屋頂。

……究竟，我剛才在想些什麼呢……

此時，他終於想起自己因失眠而引起的劇烈頭痛。昨天中午過後寒意正濃，他覺得自己今天恐怕又無法入眠了，於是買了過去點滴未沾的酒回來，僅喝了五小杯就不省人事，或許是這個緣故吧，清晨醒來時頭暈目眩，陣陣撕裂般的疼痛盤據在腦髓中央久久不去。他緊鎖眉頭，凝視著指縫裡沾黏的紅色泥土。

……真是奇怪，我怎麼也想不起今天早上發生的事了……

……今天早上，我應該是一如往常在枯林裡那間鐵皮屋頂的房子裡，開始料理自己的三餐後，為了避免野狗闖進屋子裡，鎖上門後來到這裡，但是，這期間我究竟在想些什麼呢？……應該是在想著一件重要的事，否則怎會不知道自己竟來到這裡了……太奇怪了，如今卻怎麼也想不起是什麼事了……

……太奇怪了……真是的……不知怎麼回事，今天早晨起床後似乎就不太對勁。若是再這樣下去，到了下午恐怕又要打瞌睡，說不定還會被那些學生們瞧見而恥笑呢……

他從上衣的口袋裡取出了大大的銀製懷錶，時間正指著七點四十分。

他無意識地比較著交疊駐足在數字八的時針與分針，以及不斷往前跳動的秒針……

啊……我是如此地寂寞無聊啊……自嘲的苦笑在深度近視眼鏡下痙攣抽搐著。

……我在做什麼啊，真是愚蠢極了，究竟在害怕什麼啊？

……我不過是在去學校的途中……準備在正式上課以前，必須先預習教材，即使明白下午過後就會昏昏欲睡，仍提早了三十分鐘起床出門。而且到學校的路程還有五公里以上，再猶豫蹉跎恐怕就要遲到了……所以我才會站在這裡徬徨不已，不知自己應該順著公路走，還是抄近路沿著鐵軌走呢……

……原來，根本沒有什麼大不了的嘛……

對了，就沿著鐵軌線路走去吧！只要順著鐵軌就能走到學校，甚至不需要三公里的路程就可抵達呢，而且走快一點還能提早二十分鐘抵達學校呢……是啊……

就沿著鐵軌走吧……

想著想著，他那充滿鬍渣的臉龐又再度露出了苦笑。左手緊緊抱著那個鼓脹的舊皮包，微傾著上半身準備踏上那蒼白的鐵軌枕木。穿著軍靴的雙腳逐漸地走上了覆蓋著冰霜的鐵軌。

……但是……好像又有些不對勁啊，他停住了腳步。

他的右手撫住額頭，手掌因而遮住了眼鏡，彷彿在祈求什麼事似的，頭不住地擺動著。

此時，他終於明白自己為何會佇立在鐵軌的中央久久無法往前了。就在他毫無意識凝視著鐵軌枕木的中央時，那個不吉祥的預感又再度襲捲而來。

當今天早晨他睜開了雙眼，從暖暖的被窩裡探出頭的同時，冷冷的空氣就穿刺了那留著宿醉的頭部，不禁令他頭痛欲裂痛苦地爬出了被窩。又在剎那間，腦海裡的某個角落閃爍著「……我今天應該會被列車撞死吧……」的預感。預感如此清晰得令人心慌，急得他趕緊以冷水不斷地沖洗著臉。然後急急忙忙地將煮開的開水倒進昨晚剩下的冷飯中，再一股腦地吞下肚去。接著穿上昨晚那雙沾滿泥霜的靴子，再度捧起塞入便當盒的黑色皮包，循著鋪滿落葉與冰霜的廢道，逐漸來到了鐵軌上。沉重的泥靴踩在布滿蒼白霜雪的枕木上，發出清脆的聲響，剎那間他又感受到不祥的預感，那個預感彷彿威脅籠罩著他的一生，不斷地在他的腦海裡盤旋迴轉。究竟自己應該趕緊跨越鐵軌回頭走向公路呢？還是不管一切地循著鐵軌繼續前進呢？他不知所措，他似乎看見自己猶如雕像般佇立猶豫不決的身影，試圖努力找出自己為何會萌生那般不可思議的不祥預感。

這種詭異的心理作用，已經不是一兩天的事了。

自從去年正月至二月，他摯愛的妻子和唯一的孩子相繼死去後，他幾乎每天早晨就會像今天這樣……不斷地認為自己當天一定會遭到列車輾斃。但單純的他，儘管備受那種宿命且迫切不安的威脅，仍舊害怕得左顧右盼地橫越鐵軌往返於公路的道路上。傍晚時，終於忘卻了不安，安心地返回位於深山的家中。吃過清淡配菜與鍋飯的寒酸晚餐後，心中總算踏實輕鬆，然後彷彿擺脫了一天的辛勞，開始他畢生最怡然自得的《小學數學教科書》之教材編纂。

至於這些奇異的心理作用，絕不是因為他本身的精神衰弱所致。自幼他就是個極度敏感的孩子，總是能感受到神祕的預感。

……他堅信著自己的確是如此的。

因為曾經經歷過種種不可思議的體驗，讓他更加堅定自己是個特別的人……絕對擁有別人所沒有的奇妙特質。

本來，他是年邁雙親唯一的孩子，自幼即體弱多病，個性陰沉又孤僻，即使在學校也不曾與其他孩童們一起嬉戲。但成績優異，而屢屢遭到同儕的排斥與欺負。儘管擔任班長，但忙完學校的事後就隨即逃回家中，再也不敢踏出家門一步。

但是，偶爾仍會一個人獨自外出，而且都是選在天氣晴朗的日子，獨自往深山裡走去……其實也沒有什麼特別的理由。他總覺得自己生性適合住在深山裡，即使是現在也特意遠離學校住在深山裡的小屋，過著艱苦的自給自足生活。也許這種喜好孤獨的個性，是從幼年時代就自然形成的吧！眺望著清楚浮現在青空的山巒樹林，就能喚起自己的赤子之心。而他的雙親為了他的健康著想，也不排斥他往山裡跑。通常他會帶著一、兩本有關數學的書籍，刻意避開那些捉弄他的壞孩子們，獨自往附近的山林前去。

對於普通十或十一歲的孩子來說，散步實在是太乏味了，但對喜好山林的他來說，這卻是無比的喜悅與快樂啊！也因為如此勤於散步於山林之間，他熟知山裡的每一條無名的小徑。哪裡有蔓延的藤蔓？哪裡又埋藏著山芋？還有在某處的雜草叢裡藏著像人臉的巨石，沿著池畔分枝的樹幹間長出了櫻花樹，這些山間裡的事情恐怕只有他最清楚了。

在他漫步山徑時，總會從雜樹林間意外地發現了空地。那些空地多半是一、兩個步伐大小的四方型草原，也許是房舍或田地等被夷為平地後的模樣吧，四周盡是遮蔽的樹林，似乎待在空地裡永遠也不會被人發現似的。他站在空地上環顧著四處，山是山，丘陵是丘陵，無處不寂靜無聲，每株矗立的樹木就像靜靜地守護著他。腳下的枯葉發出了微微的聲響，頓時有了些許的詭異氣氛。

他慶幸自己能發現這樣的地方，躺在空地中央的枯草上，攤開了最喜歡的數學書籍，開始思索著那些難解的習題。儘管沒有筆也沒有紙張，但在想像的空間裡問題都能靠著心算而解開。這裡既不用擔心雙親的呼喚，也聽不見任何吵雜的聲音，腦海就像鏡子般清澈明亮，所以在家中解不開的數學題，在這裡卻能輕鬆地解答出來，因此帶給他愉快的心情而幾乎忘了時間的流逝。

但是，當他一心一意埋首在數學問題時，突然背後傳來了清楚的呼喊聲「……喂……」，而經常令他為之驚嚇。那個聲音既不是父親的聲音也不是老師的聲音，更不是朋友的聲音，總之是個完全陌生的聲音，卻是如此清楚又真實。有時候甚至是大聲的「……喂……」，不禁令他嚇得四處張望有無其他的人。然而，閃耀著餘暉光芒的雜樹林裡，卻是連一聲鳥鳴聲都不曾聽見呢！

的確是不可思議又神祕的體驗啊！最初，聽聞那聲音時他全身毛骨悚然顫慄不已。但是，他總是安慰自己只不過是神經過敏，而後又反覆經歷了幾次相同的經驗後，他終於習慣而不再害怕。

某次，他仍然在思索著數學問題，不知不覺走進了山中深處的某條小徑，突然間從遠處傳來了五、六個或七、八個人的交談聲，而且逐漸往他逼近。他明白這條小徑是這裡唯一的通道，也明白即將迎面而來的是一群大人們，心裡雖然知道待會兒該閃躲在路旁的草叢裡，但腦海裡盤旋的盡是數學問題，竟也忘情地依舊往前走去。但不可思議的是，途中卻沒有遇見那些說話的人們。真是太奇怪了，怎麼會這樣呢……他穿過了小徑後終於來到視野廣闊的公路上，然而原本以為會迎面交會的那群人們卻憑空消失了。

那絕不是心理作用或憑空的想像，因為那聲音是如此地清晰。每當自己埋首思考時，總是能聽見一個開朗明亮的聲音，就在逐漸被吸引的瞬間，那個聲音卻忽然地消失不見了。

原本他就是個個性孤僻的孩子，再加上這些不可思議的體驗後，漸漸地開始對山裡充滿了恐懼，但又不敢向雙親或任何人提起這些事。於是就這樣變成他的祕密伴隨著他長大，隨著時光的流逝而漸漸被遺忘。而後，他從初中進入高中，再從大學進入研究所就讀，期間也遭逢他的雙親相繼過世。然後與妻子希世子結婚，生下了長男太郎，而後為了成為小學教師而歷經了種種繁雜的手續後，終於任職於目前的小學。這段期間，無論是在學校的圖書館或無人經過的公路上，抑或是下課後的教室裡，仍聽聞過無數次那詭異的呼喚聲。

但是，他依舊不曾跟任何人提起這些事。隨著年歲的增長，他也開始期待揭開事情的真相，畢竟那種被莫名呼喊的感覺並不好受……難道世界上只有我有這樣的經歷嗎？……但又為何從不曾聽過或閱讀過他人提過類似的經驗……也許我天生就是精神異常者吧……他漸漸如此地認定自己。

但是就在十二、三年前，也就是結婚當時，因為值夜班的緣故而走進了學校的圖書館打發時間，在館內的角落裡發現了一本名為《心靈界》的單薄舊雜誌，順手拿取閱讀後，才驚訝地察覺到與自己過去經歷相同的學說。

當中介紹了俄羅斯的莫斯科大學在《心靈界》非賣雜誌裡發表的論文，標題為〈呼喚靈魂的實例〉。閱讀各種實例後，他才明白自己並不是唯一擁有那樣經歷的人。

……在無任何雜音的密閉空間裡，或是無風聲且寂靜的深山裡，專注思考或做著某

件事時，經常可能聽見各種不可思議的聲音。現在在某些地方的人們仍堅信『被木魂[4]呼喚後，不到三年後就會死去』的傳說。但是根據心靈學的研究，並未發現任何聲音的來源，所以推測聲音應該是來自於自己的靈魂。

也就是說人類的性格，其實是可以透過相同代數因子的分解方式進行解說。換言之，一個人的性格是歷代祖先傳承的結果……也就是每個魂魄相乘的結果，例如（A^2-B^2）的性格，就是來自於（A＋B）的父親與（A－B）的母親性格相乘的結果。在（A^2-B^2）的性格中也包含了（A－B）的因子……也就是說遺傳了母親的性格，例如，「喜好數學」的靈魂具有這種（A－B）的傾向……當專注於數學的研究時，則無視於自己其他靈魂的存在，甚至超越了所有的魂魄，此時剩餘的（A＋B）魂魄就會孤獨地游離，漸漸產生不安定的心靈作用，進而呼喚（A－B）的注意……總之，希望呼喚偏移至（A－B）的性格能夠再度返回（A＋B）的方向，以達到原本（A^2-B^2）的飽和平衡狀態。人們常錯以為那是聲音，其實靈魂呼喚的聲音比起震動鼓膜的普通聲音來得更加深層，所以也容易引起人們的害怕與驚嚇。

在論文中並提及，生物外表顯現的遺傳現象，會依照組合式、一列式、等比或等差等數理排列表現，同時無論是精神層面或性格、習慣等也與遺傳有著相同的生理原則。

文中並列舉了許多犯罪者的家譜作為實例，再以數理分析說明天才與瘋子、幽靈現象、千里眼、預言家等的心理現象。其中最吸引他注意的就是，以數理的角度分析普通人、天才與瘋子之間的心理反應。文章中是這樣描述的：

……究竟是天才還是瘋子，其實在他們的性格因子中總有一、兩個，有意識或無意識地容易受到游離力量的牽引，所以有人說天才與瘋子僅止於一線之隔，從種種的事跡觀察後的確是如此的……因描繪太陽而發瘋的梵谷，或是看見蒙娜麗莎的肖像而瀕臨瘋狂的數名畫家就是最佳的證明。由於自己的魂魄過分專注於在繪畫上，而無法回歸原本正常的性格，終究造成魂魄各自分裂游離，夜以繼日不斷地呼喚自己的靈魂。

……此外，貝克林的畫家也曾經描繪過骨骸彈琴的不朽名作，以表現出呼喚自己魂魄的樣貌。

……另外，以一般人為例，體弱多病或年老衰弱即將死去的人們，由於認知的歸納能力或意識的統合能力較為薄弱，也容易造成意識上的自然分離作用。因此，經常聽見從某處傳來呼喚自己的聲音。若是體弱者或年老者，經常聽見莫名的呼喚聲時，也許就是自己的死期即將來臨了，必須小心留意。

閱讀完此章節時，他不僅充滿了疑惑。天生體弱多病，再加上聰穎又極端的害羞內向，當遭逢那樣不可思議的現象時，他也只得視之為理所當然的事情。沒想到原來天才或瘋子比一般人更容易牽動那樣的性格因子，但是那個曾經呼喚他的聲音果真是自己魂魄的聲音嗎？他希望能再次聽見，以分辨其真實性。

然而，奇蹟卻意外地出現了……其實也不是什麼特別的事。自從閱讀過那本雜誌後，不知為何他再也不曾聽過那個呼喚的聲音了。所以他也無從分辨究竟是幽靈或是自己呼喚自己的聲音，就這樣過了七、八年的時間，他幾乎已經完全遺忘那個聲音了。也許是因為在這七、八年的時間裡，他擁有了唯一的孩子，或是更專注於自己喜歡的數學，而減少了自己魂魄游離的機會吧……

可是，之後妻子和孩子相繼死去後，留下他獨自一人時，過去那種不可思議的現象又再度重現了。而且那聲音開始如排山倒海般地襲擊而來，令他感到痛不欲生。他覺得自己已經徹底被那個聲音附身、逼得幾乎無法喘息。於是他開始回想究竟是怎麼回事，也許這一切與死去的妻子那異常的性格有關吧！

妻子希世子，原是他居住村落村長的女兒，畢業於有名女校的才女，但無論是容貌或氣質都不是特別出眾。他取得堂堂的學士學位後，卻一心一意希望留在小學裡教導數學。他不辭辛勞地回到自己的故鄉取得教員資格，而妻子則對他百依順從地跟隨著。妻子對孩子的教育方式雖無異樣，但總有說不出的怪異之處，總之就是極端地歇斯底里且變態的感覺吧！再加上她患有嚴重的肺病，卻不願增加他的負擔，忍住了病痛不斷操勞的結果，終於在去年正月時咳血而病倒了，儘管瀕臨死亡的邊緣卻依然意識清楚。她摸著十一歲的太郎的頭，以微弱的聲音說道：

「……太郎啊，從現在開始你一定要聽父親的話，若不聽從父親的教誨，我在某處見到了會相當悲傷的。你要遵從父親平常的教誨，就算上學已經遲到了，也絕不能沿著鐵軌走去學校啊……」

那種口氣像開玩笑般，然後她就在微笑中斷了氣離開人世。

在守靈的夜晚，他擁著悲傷失魂的太郎，一邊掉淚一邊慎重地交代：

「……從此絕不能沿著鐵軌上下學，即便同學如何邀約，也絕不能答應知道嗎？並且要告訴他們那是不對的行為。爸爸也絕不會再踏進鐵軌一步的……」

他叨叨絮絮地述說著，太郎則默默地啜泣，原本就相當柔順的孩子，也更加打從心底遵從了父親的指示。

而後，他每天又恢復到往昔自己料理三餐，然後照料太郎先讓他出門上學，接著才匆匆忙忙整理自己儀容，趕在太郎之後前往學校上班，但每次總是來不及，只得沿著鐵軌趕往學校。

而太郎天性溫順，始終堅守著母親的遺言，縱使同學們如何嘲弄，他就是不肯往鐵軌走去。每每他的襪子或鞋子都因為公路上的泥濘而髒污不堪。而另一方面，他看著太郎的溫馴與正直……不禁埋怨自己的錯，一切都是自己造成的啊！但是學校如此遙遠，又有那麼多的雜事，儘管原來就慣於自炊的生活，但如今必須擔負起母親和妻子的雙重責任，難免會措手不及而延誤了上班的時間，所以在萬不得已的情況下才會穿越鐵軌……

這些思緒反覆在他心中翻攪著，面對虛無不存在的妻子亡靈，他總有說不出的歉意與良心苛責，並且日復一日。

但是最後的結果，究竟是天譴，還是對他的失信所做的責罰呢？這些是造成他的愛子慘死的間接……不……應該是直接原因吧，而且還帶給他難以言喻的重創。

那是去年正月的大寒時節，正好是辦完妻子喪事的翌日……

……想到這裡，他不禁再度抱緊手上的提包，然後環顧著四周。

穿過遮蔽軌道線路那些漫漫無盡的雜草樹林中空地所形成的溝渠，溝渠裡潺潺地流著近乎乾涸的硫磺水，枯葦間處處綻放著似螢火蟲般的微弱光芒。他越過了溝渠，不知不覺地走上了鐵軌，昔日的記憶與沁心刺骨的頭痛開始交錯重疊，令他不斷地回想起過去的種種。

這些回憶中，有的是他單純的主觀意識，也有來自於想像中自己對自我的客觀意識。既有他人溫情的憐惜，也交錯糾葛著對自我批判無情的正義感。這些糾纏混雜的印象、記憶片斷或殘渣，令他已經疲憊不堪的腦袋更加沉重、暈眩、膨脹，然後化分為二、扭曲、切割、反轉、陰沉而千變萬化，或是構成派、未來派、印象派般周而復始的漩渦，不斷變化再幻化，又開始再推進。在無意識的狀態下，他竟親手害死了自己唯一的孩子。他終於又變成孤獨的個體，不可抗拒的命運又再度展現不可思議的力量，營造編織出他的人生，像是數學的公式般一步步地展開。

那天儘管是大寒，午後卻意外地溫暖與晴朗。

兩、三天前他染上了風寒，所以起床後即頭暈目眩。但他一如往常不願留在學校裡完成工作，下班後還不到一個小時，他就向留校加班的校長與同事們告辭，隨即將學生們的考卷塞進黑色的提包裡，然後迅速地走出了校門。

走出校門後，順著白楊樹林林立的廣闊道路左轉，從他居住的山巒傾斜下坡，就是環抱海岸猶如半圓形的公路。但是沿著公路回家，總會令他感到不舒服……不僅是路途遙遠，此刻汽車或貨車，以及那些進出海岸別墅的高級座車絡繹不絕。若是途中又再遇見了學生們的家長，那些不著邊際的寒暄總是會擾亂腦海中飄浮沉思的數學問題，的確是令人難以忍受啊！

若是反道而行，沿著雜草叢生的窄道右轉，穿過了沿著鐵軌線路又深又長的溝渠後，就是筆直的鐵軌了，而自己的家就在那些枯林遮蔽下的平交道上方，沿途盡是枯林林地，根本無須擔心被任何人瞧見。

但是，他穿過校門外的杉木林，踏進鐵軌旁赤紅泥巴道路的同時，突然習慣性地憶起遠在一公里外山蔭裡的自宅與等候著他的妻子。這個習慣即使從去年正月妻子死去之後，依舊沒有改變，而且他也不想改變這個愚蠢的習慣。因為這是他允許自己唯一擁有的悲傷。剎那間，眼前彷彿就看見了病危時仍舊站立著操勞家事的妻子，還有那個現在應該已經回家等候他歸來的孩子。深山裡的那間小屋門前，洗米準備煮飯的妻子好像就站立在枯林間伸出了雙手迎接著他。

「喂，爸爸！」

雙頰凍得發紅的太郎似乎縹緲地出現在附近裊裊燃起的炊煙之間，過去與現在交疊重合地翻覆在他的腦海中。待猶如黑色旋風行駛而過的列車經過後，他又站在鐵軌的枕木上沉思著：

……今天怎麼又想著同樣的事呢，怎麼想都還是相同的事……

他在心中冷笑著。他幻想著自己的身影，一個年過四十歲失去妻子的孤獨身影悲傷地行走在鐵軌上的模樣……

……原來是這樣啊！原來是這樣啊！沉溺在回憶中，已經變成自己唯一享受悲傷的權利了，當然除了自己之外，還有誰能體會箇中的痛楚呢……

他如此地告訴自己，一種近似憤慨的自傲湧然而生，不禁令他的雙眼沾滿了熱淚。

他想起自己為了讓全國的小學生理解代數或幾何的有趣之處，費盡心思以自己的寶貴經驗編著了《小學數學教科書》，最後該書終於如願地普及使用在全國的小學，而後在督學的面前，為學生們解開複雜的高次方程式等數學題時學生們天真無邪的笑容……這些難以言喻的歡喜與悲傷交錯堆積著，讓他都忘記了嘴裡的香菸早已經點燃到了盡頭。

「……爸爸……」

他彷彿又聽到有人呼喚著他……

「……」

待他回神過來後，卻發現自己已經佇立在那條慣於行走的鐵軌正中央，旁邊就是漆著白色油漆的信號燈柱，當白色的地面闖入那黑色的列車時隨即放下了橫木，以暗示列車的通過，但是此時根本連人影都看不見啊！寒冬的斜陽暖暖地照映著他的身軀，在發出亮眼鋼鐵色的鐵軌彼端，盡是遮蔽陽光的山巒。

他環顧著眼前的景色，又想起了孩提時代的那個經歷。

……難道剛才又是自己的魂魄在呼喚自己嗎？「……爸爸……」我的確聽見了這樣的呼喚聲啊……

這個念頭瞬間閃過自己的腦中，他偷偷地張望著四周……頓時，視線停在左手邊的溝渠上，身體彷彿就要僵住了。

在他眼前的溝渠西側，有一段沿著公路而行的河堤，在河堤的上面似乎站著一個小小的人影俯視著他所在的方向，那個小小的人影又再度拚命地大聲呼喊著：

「……爸爸……」

就在回聲尚未消失之前，他頓時像個作弊被發現的學生般面紅耳赤「……不可沿著鐵軌走啊……」他不斷地聽見自己曾經對孩子的訓斥，情急之下趕忙地抓起嘴裡的香菸丟在地上。他想要回應但喉嚨彷彿哽塞住了，於是拚命地想露出笑臉，此時又從高處傳來了喊叫聲：

「爸爸，今天我又留下來幫忙老師了喔……幫老師改考卷喔……所以才留在學校裡……」

他終於想起來了，趕緊點了點頭。自從他的孩子入學以來就始終擔任班長的職務，他現在總算記起來了。太郎的確經常留下幫忙導師留校批改考卷……他還曾經答應太郎若留校時會等他放學一同回家。但如今他卻違背了諾言，他不知如何是好地扶正了已經歪扭的帽子。

「……爸爸……我現在就下去找你喔……」

太郎站在堤防上用力地嘶吼著，然後逐漸往這裡跑了過來。

「不要啊……我現在就上去……」

狼狽的他發出了沙啞的嘶吼聲，隨即飛也似地跨越了溝渠，懷裡則抱著那個厚重的提包，然後開始拚命地攀爬上那個超過四十五度的斜坡。

對於不經常勞動的他來說，這樣的舉動無疑是足以致命的危險。他靠著腳底那雙堅固軍靴的鞋尖與單手的力量，死命地攀爬上了約三丈高的斜坡，可是膝蓋早已因疲憊而不停地顫抖。右手的指尖感覺到坡面上亂生雜草的冰冷觸感，他胡亂地抓緊著那些雜草，臉上混雜著髒污不堪的汗水與淚水，而呼吸彷彿急促地快要令他窒息了。但在孩子面前再也不敢胡思亂想，只得拚命地想盡辦法爬上那個斜坡。

……這就是孩子給的懲罰吧，禁止孩子做的事，身為父親的我卻明知故犯，所以才會得到這樣痛苦的譴責吧……

他的腦海裡完全想著自己的不堪與難以原諒，也顧不得再往上看了，儘管雙腳已經疲累了，身軀也在傾斜的坡面翻滾了好幾回，但他還是緊緊地依附在坡面上。瞬間，他遙望底下的鐵軌猶如是個大字型般地框住了他的屍體，然後魂魄墜入了無底的深淵，逼得他不斷掙扎地往上爬去，並努力抓緊那個重要的公事包。

「危險啊，爸爸……爸爸……」

太郎的喊叫聲從頭頂處傳來……

……爬上了堤防後，我一定要立刻抱緊太郎向他道歉……回家之後，我也要在妻子的牌位前向妻子道歉……

他想著想著終於爬上了那個傾斜的斜坡……但是等到他站上了平坦、堅固的公路與孩子並肩而立時，突然又覺得自己說不出道歉的話。日薄西山，他站在大風裡喘息與顫抖著，所有的意識彷彿都要被吹散了，他凝視著那些不斷重疊的漩渦，眼前的微薄黃色光芒宛如化作無數的灰色斑點般飄渺閃爍。他回過神後隨即將提包交給太郎，然後像個幽靈似地緩緩跨出虛渺的腳步……身體已經流滿了汗水又化成了冰冷的感覺，讓他背脊不住地打顫……

他回到山裡的家中後，就把所有的一切交給太郎後立刻倒頭睡著了。當晚他高燒至四十度以上，甚至引發了嚴重的肺炎而不斷地咳嗽，就這樣昏迷好幾天。

在昏迷的幾天裡，他彷彿記得訓導主任橋本先生曾過來探望，而後則是警察、醫師或村長、區長、甚至是附近的居民，每個人都流露著不可思議的緊張神情。終於有人無意中透露出太郎死去的消息……

「千萬不要讓生重病的病人看見屍體啊！」

「告訴他，說不定病情還會加重呢！」

他聽見人們躲在暗處竊竊私語著，但是他既沒有驚訝也沒有悲傷，或許是高燒模糊了他的意識，他竟以為是在夢中……

……是嗎……太郎已經死了……那我也要追隨他而去啊……

他的內心想著，雖然沒有哀傷的氣氛，但眼淚卻不爭氣地流落下來。

好像翌日吧……他也不知道是過了多久了，他終於睜開了雙眼，突然聽見枕邊有女人談話的聲音。由於房間裡的燈光微弱，他也分不清自己究竟身在何處，或許是附近鄰居的太太們特意過來照顧他的病吧！

「……真是的，那個孩子竟死在那溝渠的信號燈底下啊……」

「……哎呀，大家都說他一定是擔心他父親的病情，才會瞞著老師穿過鐵軌想要趕回家啊……」

「……真是的，可憐的孩子啊……竟在那樣的風雨中……」

「是啊，而且連父親的面都還未見著，就匆匆被火葬了啊，真是的……」

「……實在是太悲慘了啊……」

「是啊……老師臥病的這幾天，都是那個在學校幫忙的婆婆每天來煮飯給那孩子吃啊，婆婆還說她寧願代替那個孩子死去呢，她難過得就像自己的孫子死去般啊……」

不久之後就聽見傳來了斷斷續續的啜泣聲，他也無意打斷她們的談話，甚至根本沒有氣力去思考剛才的那些話。

「橋本老師說，如果孩子的父親也能因此病死，什麼都不知道說不定也是一種幸福呢……」

隨即他又聽見那些話……他很想告訴大家自己並沒有死去，於是張開了嘴，望著那些看顧他的人們微笑著……

他奇蹟似地復活之後，即陷入失神的狀態，即使和尚來家中唸經時也若無其事般的坐在一旁，妻子的娘家曾送來豆奶為他補充營養，但他卻絲毫沒有飲用。僅有到學校上課的事依舊沒有忘記，待體力恢復後他隨即又抱著提包來到了學校。

老師們都驚訝萬分，大家看著那個已經憔悴不堪、白髮蒼蒼且雜亂的他，不知如何以對紛紛相互交換著眼色。訓導主任橋本先生率先站起身來，兩手搭在他的肩膀上說道：

「……你……你怎麼了啊……要……要好好振作啊……」

校長也眨了眨雙眼從椅子上站了起來，從旁邊走了過來。

「……請你要好好休息啊，我們、甚至是學務課的各位同仁都報以無限的同情啊……」

然後像安撫孩子般地撫摸他的背部，但是這些溫情與同情對他而言是行不通的。在厚厚的深度近視眼鏡底下，他木然地看著那些同事們，然後坐在自己的座位上，喚來了曾經代課的老師了解課業的進度。接著，又站在學生面前開始專心地講課，完全無視於學生們驚訝老師猶如乞丐般的轉變。

午後，在同事們的安慰聲中，他隨即走出了校門後右轉，也顧不得學生們都在他的身後竊竊私語著，他繼續往鐵軌的方向走去……一如往常……他又幻想著在屋子裡等候他歸去的妻子……

往後，他又日復一日重複著自己的習慣，只是有件事與過去不同了，那就是在鐵軌附近溝渠的信號燈下，似乎有警察巡邏站崗的模樣。

他曾經在那裡張望過，試圖尋找出自己孩子被輾斃時的痕跡，但已歷經多少風雨沖刷，早已分不清究竟是在何處了。

但是，他猶如機器般每日重複著相同的動作，在相同的地方佇立，在相同的地方四處張望，所以即使回到家中躺在被窩裡，他依舊清晰地看得見那些枕木、一粒粒交疊的砂礫，附近叢生的雜草或樹林等。就算在夢中，他仍然來來回回往返於鐵軌，完全無意識地駐足或東張西望，似乎在沒有確定的情況下就不敢往前邁出一步……而為什麼必須佇足，為什麼需要環顧張望，就連他自己也不懂得自己，只是因為那麼的幽暗，那麼的悲哀，所以必須好好看清楚那些石頭的顏色、枕木的切口或軌道的連接處……

「爸爸！」

每次他仔細張望的時候，總會聽見那個聲音。

他也不確定自己究竟是否聽見了那個聲音，他猶如被電擊似地歪著頭，緩緩地閉上眼睛，然後縮緊了肩膀，再慢慢張開眼睛膽怯望著左手邊的堤防，期待在那孤寂覆霜的紅泥巴斜坡上，能夠再看見那個小小的人影……

然而，現在在他眼前的景象，卻全然不如預期所想像的。眼界所到之處皆是碧綠的草叢或樹林，還有嬌豔盛開的花朵，繽紛燦爛地長滿了左右手邊的巨大斜坡上。沿著鐵軌來到自宅的山邊時，則是繽紛散落的白色山櫻。晴朗無雲的藍天，還有緩緩飄過的幾朵白雲，遠處還能聽見忽遠忽近的雲雀鳴叫聲。

……在這種地方是聽不見太郎的聲音的……到處都找不到太郎的蹤影……在這樣華麗繽紛的世界裡，只是更突顯自己的狼狽不堪啊……

……忽然間，他發出了奇妙的哭泣聲……他就這樣邊哭邊沿著鐵軌前進，孱弱地走回位於深山的家中……他也分不清楚自己究竟是否已經回到了家中，他看見妻子的牌位，隨即仆倒在地上放聲大哭了起來……也許是充滿歉意的慟哭吧……待回神過後，他才發現自己在無人的房子裡盡情地大哭著，他也顧不得自己的醜態，因為自己應該遭受到更嚴厲的懲罰啊……他抱緊了兩個白木刻的牌位，不斷地以臉頰撫摸著、親吻著、悲嘆著……

「……啊……希世子……希世子……都是我不好。我錯了，請原諒我啊……太郎……太郎、太郎。爸爸……爸爸對不起你啊！我再也……再也不會沿著鐵軌走了……絕對不會……請……請你們……請你們一定要原諒我啊……」

他反覆地喊叫著直到聲音近似乾啞為止。

他依舊沿著枯木林裡的鐵軌走去，眼前彷彿看見自己無可救藥的身影。眼睛裡充滿著淚水，感覺喉嚨似乎哽咽住了，鼻孔的裡側不斷地流出鼻水……

「……哈哈……」

腳下似乎傳來了笑聲，令他驚嚇地跳起來，趕忙跑了幾步又不禁停下了腳步，撫去額頭上的汗水慌張地張望前後的鐵軌。當然，不可能有人睡在鐵軌附近的。薄薄的白霜覆蓋在鐵軌線路上，就連砂礫上也沾滿了白色的霜雪。

在他的左右兩旁依舊是不變的枯木林，樹梢就著昏暗的陽光隱沒在灰色的煙霧裡。再往前走去，他發現自己又佇足在那亮眼的白色信號標誌底下張望。

「……完了……」

他的嘴裡喃喃自語著……曾經在牌位前發誓過的……結果還是沒有用的……他咬緊牙根閉上雙眼，希望能早點忘記自己身在何處。

然後他以手撫住額頭，再度往後面瞧。他望著蔓延的鐵軌線路，努力思索過去所有的種種。曾經那麼認真地發過誓，如今竟也已經過了一年啊，但是今天早上他卻不知所以然地破壞了自己的誓言，他焦急地希望找尋出自己做出這些事的動機，但那宛如是十幾年前的舊事般，早已從他的記憶深處褪去。他甚至想不起自己是什麼時候戴上帽子的……又是什麼時候將提包放在自己的右手上。他只是依循著慣例走到了這裡，一定是這樣的……他突然覺得應該去確認一下剛才的那個笑聲，於是開始一步步慎重地踩在身後的那些鐵軌枕木上，終於來到他方才佇足的那第四十五根的枕木上，那根陳舊的枕木因為支撐著他的重量而陷入了砂礫中。當他踩住枕木的一端時，另一端則從軌道的下方偏離了，因而發出了「……咯咯咯……」的聲音。

在他聽到了那聲響，明白剛才所聽見的笑聲來自何處後，即安心地喘了口氣。也許是放鬆精神的關係吧，頭髮竟一根根地豎立了起來，身體漸漸地起了滿身的雞皮疙瘩，為了抑制住自己奇怪的生理反應，他用力地豎起了肩膀，然後不斷地左右手交換地抱緊那個黑色的提包，讓空著的那隻手搓揉冰冷得猶如快要撕裂的耳朵。鼻子呼出的氣息像胡椒鹽般沾濕了鬍鬚，他重新調整已經歪斜的外衣領襟，又繼續往學校的方向走去。總是會在平交道相會的南下石炭列車，此時應該就要經過了吧，他邊想著邊回頭張望著……

不久之後，他終於忘記了過去那些種種的悲傷，開始思索著自己最喜歡的數學問題。沉浸在數學的冥想世界裡，是他最幸福的時光了。

他望著枕木邊綿延不絕且形狀變化多端的砂礫，然後漸漸地想起許久以前所研究的函數或統計。接著他又以數理的理論來解釋，自己剛才將枕木與鐵軌的摩擦聲音誤以為人的笑聲。儘管不是什麼大不了的事情，但愈想卻愈覺得荒唐，其實不過是枕木震動的聲波傳遞到人的耳朵鼓膜，再反射到腦髓，然後傳達到全身的神經，而引起雞皮疙瘩的生理現象，若是能盡早以數理的觀點來觀察事情，就不會有什麼不可思議或神祕的現象了，他不禁對自己的愚昧感到氣憤。人類在面對迎面而來的列車時，也許就像被蛇所迷惑的青蛙一樣無法動彈吧，所以就無能為力地遭到輾斃了，這難道也是腦髓的作用嗎……腦髓的反射作用與意識作用之間，又應該如何以數理的方式解釋和區別呢……

……突然……眼前飄過了一個白色的東西，他很自然地張開雙眼張望著……這條捷徑居然會有白色的蝴蝶，真是不可思議啊！但是再仔細一看，卻僅是像蝴蝶般的白色物體罷了。

此時，他走上位於高處的鐵軌線路，前面的景觀頓時一覽無遺。

　　他順著視野所及，沿著鐵軌並行而後又橫越彎曲的公路，在那之上散落交錯著幾戶民家。這就是他過去以來所慣見的風景啊！為什麼在今天早晨又讓他重新置身於其中呢？但在數學的思索中，卻又讓他感覺到說不出的異常變化。那些景象中的建築、樹林、田地、電線桿都變成了數學裡所使用的文字或符號……√、＝、0、8、KLM、XYZ、αβγ、θω、π……逐漸變化，展開成三角函數……又變成了求高次方程式的根數時的複雜分數式……但黃色的雲彩下湧起了神祕的週期，不斷地散發光輝。甚至包含了無法以形式表現出來的設定值、無理數或無限的循環小數等……

　　那些環繞著他的山巒，就像所有不合理且矛盾的數學公式或方程式，逼得他只得直視，卻又像無言的嘲弄、威脅般壓迫著他。他開始試圖反抗這些非數理性的環境，急切想掙脫逃走。

　　……我從小就是數學天才啊！

　　……現在依舊是啊！

　　……所以才會立志成為教育家。必須讓現在的教育方式有所改變啊……發覺出潛藏在孩子們頭腦裡的那些數學天賦，讓他們將來可以貢獻社會……

　　……但是，現在的教育方式根本是失敗的，只是扼殺了所有人的特長罷了，特別是數學的教育方式啊！

……所以，那些擁有專才的數學家，最終無法察覺到自我的天賦，而葬送在幽暗的困頓之中。

……過去以來，我一直希望戰勝那種教育方式，希望能培養出未來的數學家。

……而太郎就是其中之一。

……溫順、沉默又優秀的太郎，在我的栽培之下，果然展現了他獨特的數理天賦。他不僅懂得初級的代數或幾何，還能靠自己做出Log……太郎用自己收集的銀紙做成了圓球，有時丈量重量和直徑，然後隨著直徑與重量成比例的增加，接著在方眼紙上畫出了軌跡曲線，從中發現了數學的奧祕之處。太郎臉上充滿了喜悅，笑得瞇起了眼睛，雙頰紅通通的，圓圓的鼻子翹得高高的，臉上綻放著驕傲的光彩……

……但是我竟要太郎不得在他人面前展露自己在數理方面的天賦，所以學校裡的老師都毫不知情。其實我是擔心前來巡視的督學，又會以為我做了「沒有必要的多餘之事」。

……那些督學根本什麼都不懂啊，他們根本不是教育家，而僅是泛泛的辦事員罷了。

……不是嗎，太郎。

……那些傢伙的數學程度，只懂得如何計算學生或老師的人數，以及寒暑假應該支付的交通津貼，還有每個月自己應該領得的薪資罷了啊！哈哈哈……

……不是嗎，太郎……

……爸爸都明白啊，你擁有空前的數學家特質與天賦啊……即使愛因斯坦也望塵莫及的聰明才智啊……

……可是，你自己卻不知道，因為你從不聽爸爸說話啊……所以才無法體會出自己的優秀，才會為了爸爸而喪命……

……但是……但是……

想到這裡，他不禁停住了腳步。

……但是……但是……

突然他再也無法思考了，兩隻腳站在枕木上，而停止運轉的腦髓空虛地凝視眼球後方的位置……

那個已經疲乏到無法運作的腦髓，似乎從頭蓋骨挖出了空洞，與無限的時間和空間融為幽暗的寂靜。那休止的自我意識，陷入了沉睡的無底洞，再也思索不出任何的事物了……

他猶如幽閉在地底的黑暗處，睜大著雙眼期待能看清一切。他眨著雙眼，張大的眼球宛如要滾落出來似的，突然眼前閃過了白色的光線，周圍漸漸明亮了起來。

他看見了鐵軌上的鋼鐵以及每根枕木，還有那下面鋪滿的白色砂礫。

那應該就是太郎被輾斃的地方吧！

他慢慢地抬起眼睛，仰望豎立在旁邊的白色柱子。順著白色的橫木仰望四十五度角，看著映著鐵軌的藍天。現在我腳下的那些砂礫曾經吸乾了我愛子的鮮血吧，他開始慢慢凝視著每一顆砂礫。在砂礫與砂礫間似乎有株小小的犬蓼探出頭來，那比鮮血還豔紅的莖蔓已經彎曲了。

……但是……但是……

每當他想起這些話語時，腦髓的運作彷彿又休止了，他再度擁抱著無限的時空……遠處似乎傳來了汽笛急迫的鳴叫聲，然後直逼而來，但是這一切又似乎是在夢境之中……

……但是……但是……

他用右手用力地按住自己的額頭，試著逼自己想起些什麼。

……但是……但是……

……我想的這些事情，應該都是夢境吧……無論是希世子的死或太郎被輾斃的事……剛才所想的那一切，都是因為我的幻覺，是因為神經衰弱而產生的一種妄想吧……

……對的……一定是這樣的……是妄想是妄想……

……我因為陷入一種自我催眠的狀態中，才會持續想著這些不可能發生的事，因為我的神經衰弱已經相當嚴重了，而無法克制自我不正常的思想，所以才會造成那些可悲的妄想。

……原來是這樣啊……根本沒有發生任何事啊……

……妻子希世子、孩子太郎他們都還活著啊！太郎應該已經到了學校，而希世子依舊是希世子啊，她應該正拿著抹布擦拭著我的書桌吧，書桌上還有著重要的《小學數學教科書》的草稿呢……

……哈哈哈哈哈……

……不行呀，再這樣下去，我會被那些無謂的妄想害死啊……

……哈哈……哈哈……哈……

想著想著，他逐漸感到輕鬆，然後露出了微笑，繼續沿著鐵軌往前走去。但是走到半途時，突然間從背後湧起了一股強大的力量……匡隆……似乎是什麼被撞到了。他毫無痛楚地倒臥在剛才凝視的砂礫上，瞬間他終於明白了黑色車輪無聲的迴轉與交疊閃爍的紅色警示燈號……剎那間後腦杓開始浮現劇烈的疼痛，眼前頓時黯淡下來了，他努力地眨了兩、三次眼睛。

「……爸爸爸爸爸爸爸爸……」

他聽見太郎的喊叫聲逐漸清晰，而且愈靠愈近。感覺那聲音像是滲入了耳膜的底部，然後又突然消失了，但是因為那個聲音，讓他終於能安心地閉上雙眼，將臉埋進雙手間的砂礫裡，再緩緩地側過臉，露出白色的牙齒展開笑容。

「……是你，是你嗎……哈哈……哈哈……哈……」

1 杉山茂丸，一八六四～一九三五，政治人物、商人。

2 原為日本天皇的禁衛軍，長期以來負擔皇宮安全護衛工作，因此近衛師團長期駐紮在東京。有衛戍帝都之職分，是日本在二次大戰前的十七個常備主力師團之一。

3 日本古典歌舞劇「能」的臺本，或簡稱謠。是中世紀的室町時代在猿樂（類似中國唐代的散樂）的基礎上經過改革、提高而創造出來的綜合性舞臺藝術；題材多取自文史典籍。

4 木魂，又稱木靈、木魅。是日本傳說寄宿於樹木中的精靈。古代日本人認為，山谷中的延遲回聲現象是木魂等神靈應答人們的呼聲。傳說木魂寄宿的樹木外觀和普通樹木無異，但具有神通力，若將其砍倒將會帶來祟禍。

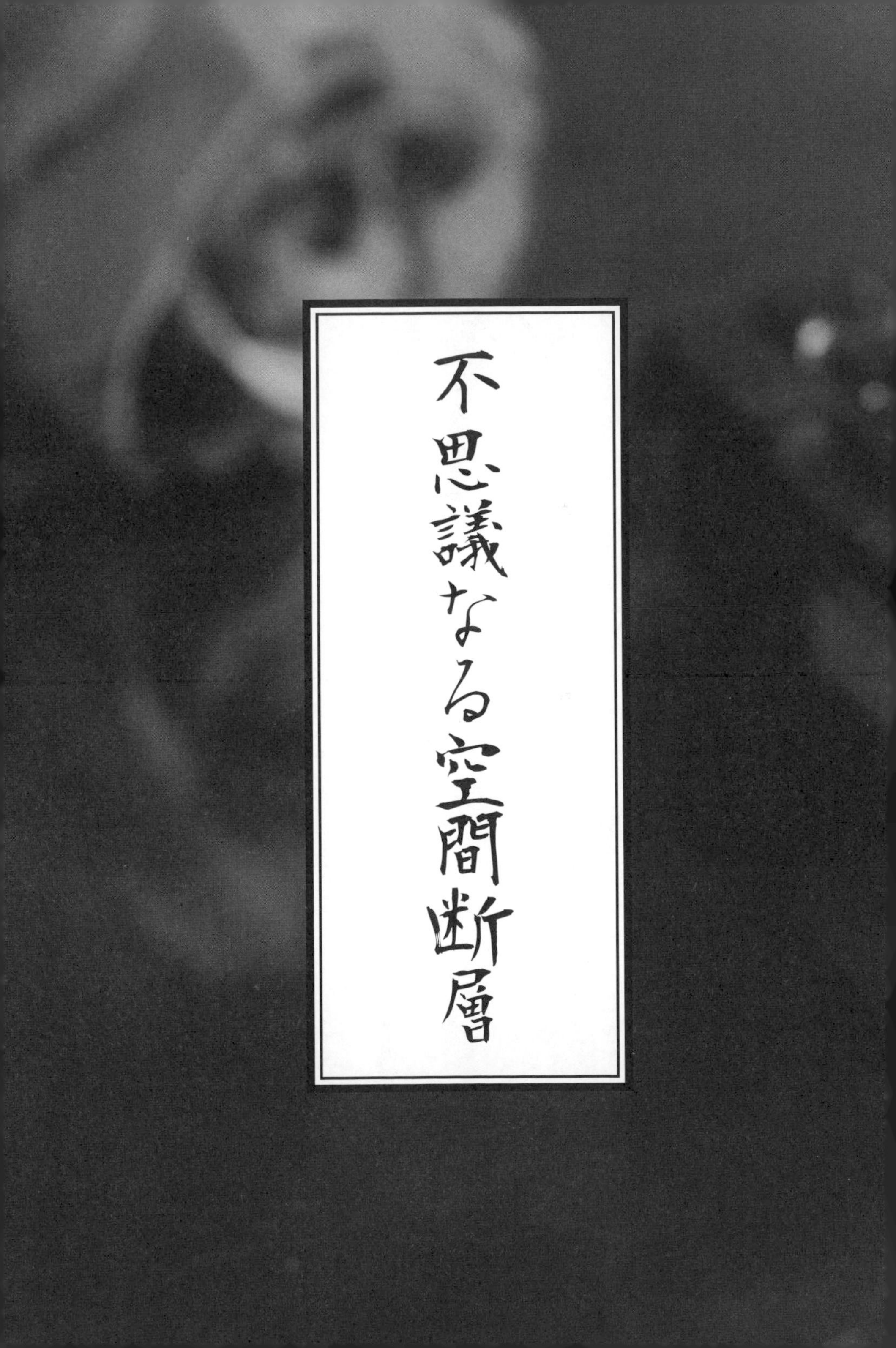

不思議なる空間断層

不可思議的空間斷層

一九三五年四月

發表於《ぷろふいる》

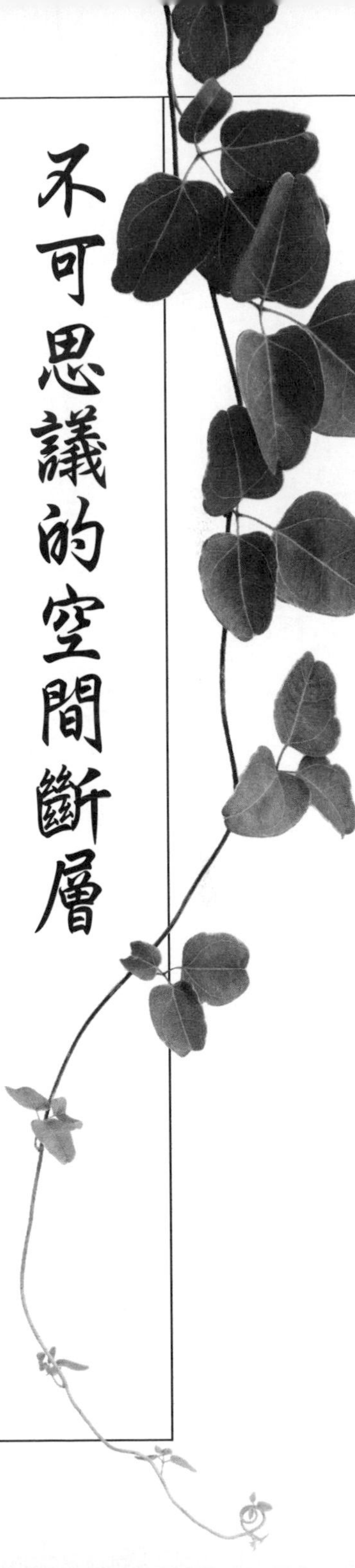

海野十三

明治三十年（一八九七年）生於德島市。本名佐野昌一。早稻田大學理工學部畢業後，即於電信局電氣試驗所從事無線電之研究。曾於科學雜誌發表科學相關記事、散文或ＳＦ短篇小說。經延原謙[1]的介紹，與《新青年》總編輯橫溝正史[2]結識，昭和三年（一九二八年）首篇偵探小說〈電澡盆的意外死亡事件〉發表於該雜誌。而後又相繼發表了〈振動魔〉、〈人間灰〉、〈絕佳效果〉、〈紅外線之男〉、〈俘囚〉等。長篇小說則有《深夜的市長》、《蠅男》等。其作品以幻想型的科學偵探小說為主，其中《漂浮的飛行島》深受青少年讀者喜愛，而後更被稱為日本科幻小說（ＳＦ）之父。戰時發表多篇軍事或間諜小說，但依舊帶有濃厚的科學色彩。戰後則以青少年喜好的ＳＦ為主軸，持續連載於眾多雜誌。昭和二十四年（一九四九年）辭世。曾於《專業偵探》雜誌中發表〈棺木的新娘〉等作品，亦發表多篇散文或評論，在〈偵探小說筆記〉、〈不要讓偵探小說消失了〉、〈偵探小說居於下風〉等可見作者對於偵探小說所抱持的觀點。

我的朋友友枝八郎，是個有些另類的人物。他究竟有多麼與眾不同，必須從他經常向我提及的那些夢境說起。

友枝最喜歡談及他的夢境。他所做的夢，都非常奇妙，而且情節都相當完整清晰。讓幾乎不做夢的我，感到既羨慕又不可思議。

（在夢中，我經常來到同一個城鎮）

他眨動著空洞的眼神，

（……啊，又來到這個曾經來過的地方啊，我的心裡這樣想著。然後，那些僅在夢中相遇過的熟悉面孔，開始出現在我的面前，有年長的男人，也有年輕的女孩……我與那些不可思議的人們之間，彷彿持續著某種關係，彼此交談著過去發生的事。但是，那些場景又好似不斷重複上演的戲碼。啊……當我想著接下來應該會發生什麼事時，果然就如想像發生了。更奇怪的是，我的推測總是那麼準確無誤。另一個不可思議的是我的臉，在夢中，我擁有另一張臉。那張臉，與你現在所看見的我完全不同，臉色不像現在這般青白，而是近似古銅色般的紅潤吧！臉型似乎更長些，鼻子高挺，嘴巴方闊。就連眼神也比實際的我更加炯炯有神。而且頭髮茂密，甚至還長出了威武的鬍鬚──那張豪邁的臉孔就是夢中的我啊，怎麼樣，不可思議吧！於是我開始幻想，也許我在夢中見到的街道或人們確實存在著，我的魂魄也許僅有一個，卻擁有兩個截然不同的軀體。啊，你好像不相信我說的話，我從你的臉色就知道你在想什麼。好吧，我就說個驚悚的故事吧，肯定會讓你鼻頭上皺起的笑紋消失得無影無蹤，而且那也是我親身的經歷啊！）

有天，我做了個夢。

我走在長長的走廊上，但奇怪的是這條走廊竟沒有一扇窗戶，而且天花板或牆壁都是黃色的。走廊真的非常幽長，兩側每隔固定的間隔距離，就有扇相同形狀的門。我轉動著眼睛，檢視著一個個的門把。每個門把都是黃銅色的，僅有第五個還是第六個門把，是唯一閃著金黃色光澤的門把，而且是在走廊的左側。

「金黃色的門把！」

我走到那閃耀耀眼光芒的門把前，忍不住伸手握住了門把，然後轉開往裡面推去。門的裡側透著光亮，我猶如被吸引般地往前走去。

那個房間約十坪左右，正中央鋪著紅色的地毯，上面則擺著水藍色的桌子和椅子。

桌上有個西班牙風的綠色花瓶，瓶子裡插著盛開的淡粉色康乃馨。

房間的裝潢陳設十分奇特，但最引起我注意的是裡側鑲在牆上的大鏡子。那個鏡子比理容院所見的鏡子還要大，從天花板直落到地板，約有兩尺寬，鏡子兩側則懸掛著看似材質厚重的窗簾。由於放置鏡子的地方光線幽暗，所以也分不清楚是何種顏色的窗簾，不過看起來應該是深紫色的。當然，映照在鏡子裡的屋內陳設，與實際狀況都是相反方向的。我走進屋內，不加思索地來到鏡子前，欣賞著自己的臉龐。由於鏡子在最裡側且斜角的位置上，若不直接站到鏡子前面，是無法清楚看到鏡中的自己——我對著鏡子，開始迷戀上自己充滿男子氣概的臉龐。我心想就算是維克托・伊曼紐爾一世[3]也不過如此吧，於是欣喜地轉圈，而鏡中的我也得意地轉圈。

我站在鏡子前，做著各種奇怪或滑稽的姿勢或表情，突然背後傳來人的聲音。

「要喝點什麼嗎……」

是年輕男人的聲音。

我轉過身去，不知何時桌上已經擺滿了裝滿洋酒的銀器與酒杯。那個聲音應該是來自背對房門站著，且擁有立體五官與壯碩身材的年輕男子吧！而且不只這樣，年輕男子的身邊還依偎著一名年輕女子。他們不知是什麼時候，從什麼地方冒出來的。

那個女子始終臉朝下，最後終於畏畏縮縮地抬起頭來望著我。

（啊！）

猶如胸口被猛刺了一刀似的，我不禁移開了視線。啊！這個女人竟是我的情婦啊！看見她與年輕男子手挽著手如此親密，我再也無法平靜下來。

但是，總覺得被發現自己的憤怒是可恥的。於是，我裝作若無其事的樣子，走向桌子，背向他們兩人坐了下來。然後將銀器裡的酒緩緩倒入杯中，沉靜地捧到嘴邊。

窸窸窣窣，那對年輕男女似乎在我背後喃喃私語著。原本細微的聲音猶如裝上了擴音器，彷彿在我耳邊敲打著鐵盆般，如此響亮清晰。

（那個傢伙，是敵非友，我們還是趕緊走開吧！）

我拚命地忍住心中的怒火，但還是愈想愈生氣。我閉上了雙眼，舉起銀器，將裡面裝滿的酒一飲而盡，然後再將空的銀器重重摔在桌上——兩人的悄悄話也頓時煙消雲散了。

我毫不慌張，立刻恢復鎮定。（那些傢伙，究竟為什麼要故意讓我瞧見呢？）他們以為我沒有注意到嗎？如果是這樣，那就算了，反正我也打算睜一隻眼閉一隻眼。

我踏出微微顫抖的雙腿，從椅子上站了起來。儘量不看見他們兩人，悄悄地走到裡側的鏡子前。

不知何時，我已經站在鏡子前了。透過鏡子，我看著他們，他們兩人相互擁抱糾纏著。那個女人盡是挑逗的姿勢，而年輕男子僅是觀望著。我全身的血液彷彿開始逆流了。

鏡子裡的我，開始轉變為淒厲的表情，肩膀不住地顫抖著。他們渾然不知我從鏡子監視著他們的一舉一動，就這樣在我的背後上演不堪入目的淫蕩行為。我有些慌張了，想發出聲音制止，喉嚨卻乾渴地發不出任何聲音。我必須鎮定啊……

我想抽根菸緩和情緒吧，伸手探向口袋拿出了菸盒。想打開盒蓋，卻老是看不清楚，因為我的影子遮住了光線。在這個情況下，實在不方便移動身體，於是我藉著鏡子看見了自己的手，然後再找尋手中的菸盒。

（啊？）

我有些吃驚，手中握的竟不是菸盒……

（……是手槍！）

我手中握的不正是一把小型的手槍嗎？我感到一陣暈眩。

就在這個時候，鏡中的我緩緩地將握有手槍的手從腹部往胸口舉起。我並沒有打算這麼做啊，但是鏡中的自己竟違背我的意志，慢慢地將手槍舉了起來。更奇怪的是，鏡中的手竟比真實的手還要快速。頓時，我不知道該如何是好，真是太詭異了，我害怕得不敢再坐視以待，如果鏡中的自己有所動作，而站在鏡前的我卻沒有任何動作，不就等於鏡子前面那個真實的我已經死了嗎？

（……）

我全身不住地顫抖，慌張之際，我只得追著鏡中的自己，也跟著舉起了手槍。終於，我趕上了鏡中自己的動作。

（啊，真是可怕啊！）

我流了滿身的冷汗。

手槍已經舉到胸膛上了，槍口放在左肩上，然後左肩緩緩地轉了過去，閉上另一隻眼睛，瞄準目標，子彈已經上膛了，我慢慢地向左轉身。

「呀，啊，呀，呀……」

那兩個人沉溺在纏綿中，不斷發出了呻吟聲。

「哼，可惡！」

可惡的女人，淫婦！

鏡中的自己，憤恨不已地緊咬住自己的下唇，血脈賁張的表情，彷彿就要立即採取下個動作了。扣住扳機的兩根手指頭，逐漸緊縮用力……

「砰……」

啊，射中了。

「……哇，哇啊！」

猶如被雷電擊中般，女人顫慄地喊叫著。接著一手壓住乳房的上方，然後彷彿企圖抓住什麼似的，就當場倒地了。

「我殺了人了，我真的殺人了！」

我走進倒在地上的女人身邊，女人宛如沉睡般動也不動。仔細一看，原來衣服胸口的部位，有個鮮紅色的大傷口，從傷口不斷地湧出鮮血，像河流似地從胸口往頸部潺潺流去——那個年輕男子已經不知去向，也許是奪門而出了吧！

「啊，我殺人了……」

我喃喃自語著。但是，我彷彿又聽見自己的竊笑聲。

「嗯，我夢見自己殺人了……啊，實在是太可怕了，但在最重要的關頭卻醒來了。我彷彿是真的殺了人般，全身止不住地顫抖，實在太可怕了，實在是……」

——就這樣，而後我就像失去記憶般，僅記得殺死那女人的場景，往後發生了什麼事卻不記得了。

——◇——◇——◇——

不過是夢中的故事，說得太仔細，似乎有些無聊吧！總之，我的夢實在太逼真了，我只是希望你能了解那種不可思議的感覺。

而且，我的夢不僅是如此而已。接下來，就像是驚悚小說般發展下去，希望你能耐著心聽聽我想說的事情吧！

不知道又過了幾天，我又做了另一個夢。

——我突然發現自己……踱步在長長的走廊上。

——依舊是那條走廊，而且天花板和牆壁都是黃色的……

「啊，我怎麼又回到這條走廊來了！」我立刻察覺到異樣，然後才又警覺到另一件事。

「……啊，我正在做夢啊，現在正在做夢啊！」

——我努力地，依照上回的夢境往前走去，彷彿若未依照上回夢境中的步伐，這個夢境就會隨之破滅般……

果然又看見那扇門了。左側的第五個門把，閃耀著金黃色的光芒。

「是這門把！」

我微笑著。

——轉開金黃色的門把，往屋內走去。當然房間裡，有著與上回同樣的擺設。房間的中央，也是紅色的地毯，上面有著水藍色的桌子和椅子，而且桌子上的綠色花瓶裡，依舊插著一朵淡粉色盛開的康乃馨。

「嘻，嘻，嘻……」

我刻意地忍住因為詭異而想發笑的怪異情緒，走進了屋內。往裡側一望，果然又是同樣的大鏡子。我忽然安心下來，開始變得十分愉快。

（所謂的演員，應該也是站在每天相同的道具前，演著相同的戲碼，而我也是一樣，應該會比初次的經驗來得得心應手吧！）

我心裡想著。

——我依循著前回的夢境，忽然來到了鏡子前。鏡子裡自己的模樣，也如同上回有著茂盛的頭髮與英勇的鬍鬚。

「要喝點什麼嗎……」

那位五官立體的年輕男子果然說話了，而且身邊依然依偎著一位臉龐始終朝下的年輕女子。

——我又依照慣例，走到桌邊，然後舉起銀器緩緩地將酒注入酒杯內。此時，背後又傳來了男女竊竊私語的聲音。

——我又因為憤慨，而舉起銀器一飲而盡。然後順手將銀器摔在桌上，搖搖晃晃地走到鏡子前……

此時，我又開始感到詭異，前回那種恐懼的印象彷彿又回來了。接下來要發生的事情，不就是殺人嗎？我望著鏡中自己的影像，果然比真實的我動作還要迅速，那副景象真的實在太不可思議了……

「的確是太恐怖了！」

我的身體忍不住地顫抖起來，驚恐地望著鏡中的一舉一動。

——從口袋裡取出了不是菸盒的手槍……

啊，就要開始了！

——握著手槍的手逐漸往胸上移動……漸漸地往上抬高。

「哎呀……今天應該會瞄得更準了。」

我儘管明白這次不可能有什麼不同，就算心中有任何的慌張，也不可能有任何差錯。

但是突然間，眼前瞄準的對象分裂成兩個影像了……

「啊，沒有問題的！」

我是既高興又安心，簡直想要大叫出來。絕對沒有問題。我故意上下動了動手臂，瞄準的對象又合而為一了，同樣的動作、同樣的瞬間又開始反覆出現。

（剛才那種影像分裂的現象，應該是自己一時的迷惑吧！）

儘管心裡如此地安慰自己，卻覺得自己似乎無須想得那麼多，畢竟是夢境才可能發生的事情啊，總會有不合情理之處啊！在夢中，當我想著桌子，就會如魔術般突然出現桌子，就是因為在夢中，才能如此的不可思議。

——槍口已舉在左肩上了，瞄準目標，緩緩地將肩膀朝左邊轉去。那對男女發出了急促的呼吸聲，特別是那個女人更不斷吐露著性感的呻吟聲……

「就是妳，可惡的傢伙！」

我扣住手槍的扳機。

砰——

「呀……」

房間迴盪著淒厲欲裂的哀鳴聲。——那個女人一隻手壓住肩部，然後倒在地毯上，而另一隻手似乎想要抓住什麼似的。

「怎麼會這樣呢？」

我感覺到不太對勁，走向被射中的女人身邊。女人似乎還未斷氣，但看起來相當虛弱的樣子。壓住肩部的手染滿了鮮血，緩緩地滑落了下來，瞬間傷口如綻放的花朵般溢出了鮮血。女人的四肢不斷發抖跳動著，最後終於安靜下來而不再掙扎。

「演得真是逼真啊！」

我忍不住發笑，然後踢了踢女人的腰部。女人猶如熟睡般，動也不動了。然後我走到女人的面前，仔細端詳她的臉。

「啊？」

原以為是前回夢境中出現的情婦，但是望著女人的側臉，才警覺到：

「認錯人……了！」

我的胸口彷彿要炸開似的，我抱起死去女人的頭部，看著那已死去的臉龐。

「哎呀，這是……」

果然是認錯人了，她根本不是我以前的情婦，而是我最要好朋友的妻子啊！

「完，完蛋了！」

我不知不覺緊咬著雙唇，怎麼會沒有注意到呢？射殺朋友的妻子，不僅是可怕的殺人罪行，更慘的是我該如何向最好的朋友交代謝罪呢？

朋友的妻子，實在是個很好的女人。她的丈夫是我很好的朋友，但最近卻傳出了奇怪的流言。朋友是個熱愛賺錢的人，經常冷落家中等候他的妻子而很少回家。他的妻子很擔心，所以經常到我的住處，訴說著自己也許未做到妻子的責任，所以才會造成目前的局面等等，她說完後總是趴在榻榻米上哭泣。總之，朋友的妻子就是這樣溫柔且為人著想的女人。然而，朋友卻始終未察覺到自己妻子的優點。

因此我開始對朋友的妻子湧現無限的同情，一有機會總是試圖安慰她。最近，朋友的妻子似乎變得比以前還要開朗些，於是朋友竟懷疑起我與他妻子間的關係。雖是令人氣憤的事，但因我們兩人真的有好幾回共處一室，才會釀成這樣的流言禍端。我也為這件事苦惱了許久。

「如今我又親手殺了朋友的妻子，啊，該如何是好呢？」

我無顏再面對朋友了。對於誤殺的朋友之妻，更是充滿歉意。而且這麼一來，我與朋友妻子之間的清白，更是百口莫辯了。我趴在朋友妻子的屍體旁，絞腸錐心地痛苦自責著……

「……啊，我究竟在做什麼，為什麼在夢中還要哭得如此傷心呢？」

彷彿某處有另個自己在對著自己說話。對啊，這只是個夢啊！

入口處的門忽然打開了，湧進了一隊人馬。走在最前面的一位貌美男子看著我的臉，突然間拔腿就跑到那群人的後面。

「抓到了！」

穿著警察制服的那群人，飛也似地趕緊抓住了我的手腕。我猜想自己就要被判死刑了，隨即手腕被上了手銬。往後的事情，我又不記得了。

聽過這兩個夢境，你有什麼想法嗎？是不是很不可思議？實在是太逼真的夢了啊！

靜謐的寒冬清晨。

高聳的牆遮去了陽光，但天空依然是晴朗無雲，空氣裡飄蕩著淡淡的果香味。

在四面蒼白牆壁環繞的正方形屋子裡，朋友友枝八郎又繼續對我訴說著那個夢境。

不知為什麼，我的腦筋有時總是怪怪的，也許是年紀的關係吧，似乎總是會記錯些事情。

之前，我好像曾經跟你提過在相同夢境中重複殺了兩次人的事情，但第一次的夢境究竟說到什麼地方了，我竟已經忘記了。第二次夢境，我應該是說到被警察逮捕的地方吧，應該是這樣的。

有關夢境的部分，我好像是以半開玩笑的心態告訴你的，我完全未注意到應該認真地告訴你些什麼。老實說，當我在訴說夢境時，一直以為你不是夢境裡的人，而是現實世界的人。但是，因為殺人事件，而與你困在這牢房的房間裡面對面時，我才終於明白你也是住在夢境裡的人啊！而我竟完全未察覺到這一點。

我想說的，你應該已經明瞭了吧！我實在是個不擅於言詞的人，好吧，我再說一遍。我曾經告訴你有關夢境中殺人的事件，因此被關到監牢裡，而你經常來此探望我。所以，證明這個殺人事件是發生在你所居住的世界裡。我與你訴說夢境中的殺人事件時，對我來說你也是存在於夢境中的人物。因為殺人事件是夢境裡所發生的，對你而言，也是你居住的世界所發生的事情。因此，我現在等於是在夢境的國度裡與你說話……若是再往前推斷，對於愚笨的我來說，已經分不清楚自己究竟身處何方了。還是稍後，再由其他人來為我們判斷吧——那麼，我還是繼續我的話題吧！

某時，我回憶起那個即將被關到監牢裡的自己，當明白是與那個有大鏡子的殺人事件有關時，我不禁愕然：

「啊，為什麼會做了如此漫長的夢呢？」

而後我才知道，原來當時自己差點被強制送進了精神病院。好險發現得早啊，若是被送進那樣的地方，恐怕一切都完了。

之後，案件果然漸漸展開調查，其中有位杉浦初審檢察官看起來非常親切，他完全不聽我的辯解，不斷地為我解釋說明，而他所說的的確是個充滿豐富幻想力的故事啊，宛如一篇怪奇的短篇小說般。我不知道他所說的是真是假，但實在太有趣了，請你就聽我說說吧！

「你以為，你之前所做的那兩個夢是真的夢嗎？縱使是夢，難道你沒有發覺這兩個夢境間，有些不合邏輯的地方存在著嗎？」杉浦初審檢察官說著。

我因為覺得無聊，而不願開口。接著，他又開始喋喋不休地說：

「你說你曾經在第一個夢裡，射殺了你的情婦，第二次則射殺了朋友的妻子。如果就如你所說的，是兩個相同的夢境，為什麼被害人會不相同呢？你難道沒有覺得不可思議嗎？」

我提出駁斥說，因為夢是自由的，所以出現的人物當然也是可以自由改變的。

結果，他又接著詢問：

「你最初殺害你的情婦時，那個景象是充滿夢幻且單純的。但第二次射殺朋友的妻子時，那個場景似乎帶有強烈的現實色彩吧？你仔細想想兩個夢境中的差異，難道你沒有發現後來是故意營造的景象嗎？」他認真地說道。

我聽完這些話，覺得似乎說的也有道理。的確，在第二次夢境中的殺人過程，實在太逼真寫實了。但是再仔細思索後，就發現他所說的實在過於牽強且狡辯了，我頓時對檢察官產生了輕蔑之感。

「你不說話，就代表你了解我所說的含意了吧！」杉浦檢察官又叨叨不休地說下去。

「你聽著，我再舉出些不合邏輯之處。第一，你回想一下那個房間，難道你不覺得那個房間很怪異嗎？進到房間裡，竟有個遮住牆壁的落地大鏡子，還有那令人印象深刻的紅色地毯，另外無論是桌椅、擺設或花朵都很奇特。如果是某個人的屋子，應該還會有更多的家具，但那間屋子就是如此單純且令人印象深刻，任何人見過那間屋子後，應該都不會忘記吧！像是為魔術師的表演而設計的，一點也不適合人類居住。難道你不覺得是為了某個目的，才有那間屋子的存在嗎？」

「──什麼，夢境當然是既單純又令人印象深刻的」，我說。

檢察官洋洋得意地說：「怎麼樣，我都說中了你的心事了吧！不只是這樣，其實還有更大的矛盾之處呢！你記得你在第一次夢中，是不是感覺到異常的恐怖。其實，這就是關鍵啊！你看見鏡中的自己竟拿著手槍，而且更奇怪的是握住手槍的手朝胸口方向伸去。而你自己真正的手，卻僅是握著手槍發呆。總之，你察覺到自己與鏡中影像的動作並不一致。因此，你深感到威脅。因為你發現到具有靈魂的真實軀體與影像之間的兩個空間，竟存在著不可思議的斷層，才會狼狽得不知所措。如果，你擁有常人的判斷能力，就應該會留意到兩個空間所產生的差異性。這也是最重要的地方。試想，如果是正常人會如何看待眼前的景象呢？一定會認為『真是太奇怪了，這鏡子難道有問題嗎，鏡子裡的自己，為什麼不是依照實際的動作來行動呢？這麼說，鏡子裡呈現的影像應該不是自己的影像了！』也就是說，那只是一面障眼法的鏡子，其實玻璃的後面站著一個與自己有著相同打扮的人，故意讓你以為那是自己在鏡中所映照出的影像。如果是正常人，應該可以立刻察覺到的。」

當我聽聞這段話時，頭部猶如被槌子擊中似地驚訝不已——但是，這實在太離譜了，我憤慨地說。而且鏡子也反照了室內的裝潢模樣啊，椅子、桌子甚至是桌子上的酒杯等，還有，那對糾纏在一起的男女也在鏡子裡啊！我持反對意見說。

「我剛才已經說過，那些只不過是道具，故意營造出房間的氣氛。你以為是鏡子照出的影像，其實玻璃後面是另一間一模一樣的房間。相同的陳設，只要左右相反即可。鏡子裡的男女也是一樣的，只要假裝像鏡子照出的景象。而且，對面的房間裡，還有另一個男人，那個人就是我剛才提到的，他故意打扮得跟你一樣。你一定覺得很奇怪，不同的兩對男女，為什麼你無法認出來呢？其實，這種情況就算是常人也會被矇騙啊！你想想看，為什麼故意做成兩間相同的房間，就是為了讓你誤以為對面的空間，與你自己所處的世界是同一個空間。接下來答案就更簡單明瞭了，那個偽裝成你的男人，其實是在向你暗示往後的動作。也就是為了讓你能瞄準目標，射殺後面的那個女人，但發射出去的卻是空彈殼，女人順勢當場假裝倒地，然後抓破彈殼讓裡面的紅色汁液流出，讓你以為她是被射殺身亡的。」

——啊，那麼，為什麼要讓我做出這樣的事呢，我不禁狂叫起來。

「其實很容易明白，就是為了讓你再重回第二個夢境的場景裡，然後真的殺死朋友的妻子。精神衰弱的你以為又回到相同的夢境中，於是依照前回的夢境再次射擊。此時，你的手槍裡已經裝了實彈了。第二次的夢境裡，玻璃的後面不再是相同的房間，而變成暗房般，玻璃則發揮了原有的作用。這些手法，任何看過魔術表演的人都知道。但是你已經喪失了心智，所以才會誤殺了一個女人。」

「——為什麼我必須殺掉那個女人呢？」我怒斥地反問著。

「根據我們調查得知，想要殺掉那個女人的是她的丈夫，也就是你的好朋友。而那間房間也是你的朋友製作的。」

「——不，不可能，他不是那麼壞的人啊！」我說。

「不，他就是這麼壞的人，就算你企圖為他辯解也沒有用，你的朋友其實是個相當可惡的傢伙。他因為事業失敗而需要龐大資金週轉，於是為自己的妻子投保了大筆的保險，但礙於不能自己親手殺了妻子，所以才會假借你的手殺害。他把自己的妻子誘騙到房間裡，不斷地說服她做些讓你喪失心智的行為。而後就遭到你的射殺了。——總之你能來到這裡，把腦中的疑慮釐清，真是太好了啊！」

聽到這裡，我再也按捺不住心中的疑惑，畢竟檢察官的解釋實在太巧妙了，讓人覺得根本就是歪理。

「——但是這太奇怪了，檢察官，為什麼他要利用我呢？」

「這也是容易理解的啊！你總是習慣向那個朋友訴說你的種種夢境，不是嗎？因此，他才會利用你的夢境犯案啊！」

所以，就是你啊！我實在感激檢察官不厭其煩的解說啊！你竟然利用了我，而殺害了自己的妻子，真是可恨的人啊！幸好是夢中發生的事還可以忍耐，若是現實空間裡發生的事情，則真是不可原諒啊！

但是，檢察官真是個固執的人啊！他說：

「如果你認為這是夢中發生的事，那可就是大錯特錯了。如果你堅持是夢境，我就證明給你看……」

「——那麼，你要怎麼證明？」我反問。他立即帶我到鏡子前說：

「怎麼樣，現在鏡子中你的臉，是夢境中的你？還是現實世界的你呢？」

仔細一看，我的臉竟是蒼白又柔弱的橢圓形臉，而不是夢境中那張充滿男子氣概的臉。

「這是現實世界的我。」我隨即答道。

結果，檢察官自信滿滿地又接著說：

「這不是很奇怪嗎，你剛才明明說自己是在夢中的。既然這是現實世界的你，那實在太奇怪了，不是嗎？聽清楚啊，你得好好想想，好好記住啊，你堅信存在的夢境，打從一開始就不存在啊！永遠只有一個空間，你以為有兩個空間就會有另一張面孔，但畢竟還是同一張面孔啊！聽好了，你的精神病十分嚴重，已經不是正常人了。再加上從不整理頭髮，任由鬍鬚滋長，還有你曾經半裸著身體在野外胡亂亂走，甚至還躲藏在深山裡，因此經過戶外的曬黑後，臉型也跟著改變了。現在，我就幫你變回你之前所看見的模樣。首先把梳理好的頭髮像這樣亂抓，頭髮就蓬亂起來了，然後在這裡黏上鬍鬚，再塗抹上褐色的粉……你仔細看看鏡子，這個臉，是不是就是你堅信另一個空間的那張臉呢，哈哈哈！」

——我不禁發出了驚嘆聲。的確是這樣啊！……但是，等等啊，還是不對啊！檢察官確實是好意，但事實卻並非如此啊。他就像是個不懂得數理的人，因為他的理論實在不合邏輯啊！也就是說，他竟然能為我裝扮出夢中那張英勇的臉龐，為什麼對於那張經過化妝整容後的現實的臉，又裝作視而不見呢？反過來說，我也可以以喬裝的方式呈現出現實中的那張臉啊！所以，檢察官所說的仍無法證明什麼。因此，我現在仍舊是在夢中啊！——啊，真是太危險了，差點就被騙了啊！這樣你懂了嗎，現在我們都是在夢中的世界啊！

此時，入口的鐵門突然被打開了。果然是我預想中拿著手銬的監獄長，纖瘦得猶如野鶴般的監獄長身後，則默默跟隨著披著袈裟且肥胖的神父。

「啊，打斷了你們的談話……」監獄長開口說話了，「已經是行刑的時間了，請友枝先生離開吧！」

朋友一驚，從椅子上站了起來。然後望著他們，抱住我的後背說：

「你千萬不要害怕，不管任何人怎麼說，我們現在就是在夢境的空間裡啊！雖然你將要步上絞刑臺，但是千萬不要誤以為就真正失去了自己的生命。總之，你不過是夢見遭受到死刑罷了。你實在不需要害怕啊，一點也無須恐懼……如果真的太難受，就早點從夢中醒來吧，你不久之後就會從溫暖的被窩裡醒來了。你聽，隔壁的房間正傳來你的孩子們的鬧鐘聲呢！竟然是如此可怕的夢，就不要再留戀在床上了，趕快起床，否則上班就要遲到了。那麼，我先告辭了。」

是啊，是啊，我的確是在做夢啊！什麼死刑臺……根本什麼都沒有！

1 延原謙，一八九二～一九七七，出生於岡山縣。從事編輯及翻譯工作。

2 橫溝正史，一九〇二～一九八一，小說家暨推理作家，出生於日本兵庫縣，代表作是以金田一耕助為主角的一系列小說。

3 維克托・伊曼紐爾一世（Vittorio Emanuel I），一七五九～一八二四，撒丁尼亞國王維克托・阿瑪迪斯三世之子，維克托・阿瑪迪斯二世之曾孫。

花束の虫

花束之蟲

一九三四年四月

發表於《ぷろふぃる》

大阪圭吉

明治四十五年（一九一二年），生於愛知縣新城市的舊址。本名鈴木福太郎。昭和七年（一九三二年）獲得甲賀三郎的賞識，以〈百貨公司的絞刑官〉一文，首度於《新青年》發表作品。而後的〈瘋狂機關車頭〉、〈石牆幽靈〉、〈三狂人〉、〈銀座幽靈〉、〈靜止的鯨群〉等，更是戰前稀有的謎幻與論理交織之短篇小說佳作。作品中常出現青山喬介、東屋三郎、大月律師等偵探角色。昭和十一年（一九三六年），第一本短篇小說集著作《死亡的快艇》由專業偵探社出版發行。也曾發表〈中葛名偵探〉等幽默的作品，但戰爭時期由於戒嚴，偵探小說逐漸失去舞臺，而改寫幽默小說、風俗小說或間諜小說、歷史小說等，《海底諜報局》就是那個時期的著作之一。昭和十七年（一九四二年）來到東京，任職於日本文學報國會，並繼續從事創作，翌年接到徵召令，昭和二十年（一九四五年）死於菲律賓呂宋島。以〈花束之蟲〉初登《專業偵探》，成為備受矚目的新銳作家，而後又陸續發表〈瘋狂機關車頭〉、〈融雪〉、〈闖入者〉等短篇。其他還有極短篇〈塑像〉等作品。在世時，經常出席讀者組成的名古屋偵探俱樂部的集會。

聽聞岸田直介意外死亡的消息後，辯護律師大月對次剛忙完手邊的工作，隨即與年輕卻辦事認真的祕書秋田結伴，匆匆忙忙地趕上了從兩國車站開往銚子[1]的列車。

岸田直介——是最近東京新成立的瑪瑙座劇團的出資老闆，與大月畢業於同一所大學，是年輕有為的資產家。可惜後繼無人，而與過去曾在飯田橋舞廳擔任舞者的比露子夫人相依為伴，過著相當奢華的生活。他原本住在東京，但數月前由於健康因素而移居到房總[2]的屏風浦一處涼爽的海岸別墅靜養，最近身體逐漸好轉，為了數日後的瑪瑙座創立紀念公演，大家紛紛邀請他出席參與。就在他起身欲前往東京前，竟遭遇到這樣的意外——雖然大月談不上是岸田的知己，卻是岸田最佳的理財商談對象與同窗，所以夫人便先將此噩耗告知大月。

儘管是冬天，卻是風和日麗的好日子，列車裡也因開著暖氣而十分暖和。抵達銚子時已經是午後一點時分。從東京至銚子距離遙遠，而從銚子抵達屏風浦附近的小村莊更因交通不便而需要耗費許多時間。因此，當大月與祕書秋田到達位於郊區的岸田家別墅時，已經是午後兩點左右的事了。

附近的海岸地勢高聳，幾乎都是懸崖走壁的地形，西式建築的岸田家別墅靜靜地坐落在面向海景的絕佳地點，周圍環繞著樹林，迎面則吹拂著溫暖的南風。

在被灌木綠牆圍繞的前廊上，站著一位高人蓄鬍、像似警官的男子，正努力地看守著現場。大月遞上了名片告知來意後，對方的表情隨即轉為和緩，大月趕緊向對方問及有關岸田先生意外墜崖死亡的事情。聽說他是被一位穿著淡藍色衣服的瘦小男子推下懸崖的，儘管案發現場有被害人的妻子和另一位目擊證人，但還是無法逮捕凶手。警方已經完成有關案件的調查，目前屍體已經送交千葉醫大的解剖室進行驗屍調查。

透過那位看守警官的指引，不久後大月與秋田終於在溫馨的起居室裡見到了比露子夫人。

夫人的表情看起來極為悲傷，再加上穿著暗綠色的洋裝，更顯得臉色憔悴，令兩位前來造訪的客人也感染了無限的傷感。此刻大家彼此沉默地相互點頭致意後，在大月的詢問下，夫人眨著雙眼開始緩緩地道出那天目擊案發的情況。

「——若照事情發生的順序來說的話，應該是今天早晨九點左右的事吧！平常很少出門的他，在用過早餐後竟決定外出散步。你們也知道今天的天氣特別溫暖，而且直介的身體也逐漸恢復健康，明天就準備回去東京了，所以才會想外出去散步吧！家裡的女傭為了回東京的家中清掃，所以已經在今天清晨先行回東京了。先生外出後，我就一個人留在家裡料理家務。但是十點過後，卻仍不見先生的蹤影，於是決定出去看看。就如各位所見，這一帶都是陡峭的懸崖海岸，從這裡往西走有處突出海面的丘陵名叫梟山，就在我步出家門二、三十步時，透過樹林的間隙看見了在梟山斷崖上有兩個人影。本來不以為意，但仔細一看後才發現其中一人竟是我先生，而另一位則是比先生矮小的男子，據另一位目擊證人說那個男子的確是穿著水藍色的衣服，至於其他容貌等細微的特徵，由於距離實在太遠了，我實在無法看清楚。就在我發現先生站在懸崖上時——兩個人突然開始了爭吵。然後……然後就……」

夫人停住了話語，似乎難過地幾乎要趴下身去。

「夫人，請節哀啊！——所以，行凶的時間是十點……？」

大月詢問著。

「嗯，我想應該是十點十五分至二十分左右的這段時間吧！看見那樣悲慘的場面，我實在已經慌了——」

就在這個時候，外面看守的警官進來打斷了兩人的談話。

「——總之，夫人是當場昏倒了，其他的部分則必須求證另一位證人。」

大月接著詢問道：

「那麼，那位證人說了什麼呢？」

「總之，他與夫人同樣目擊了案發經過——哎呀，不如我就去把那個人叫來，讓你問個清楚吧……警方已經偵訊完畢了，所以他應該就在附近的田裡工作吧！」

看守的警官說完後即出去了。

然後大月又詢問夫人，岸田先生最近是否有與人結怨而引來殺機。但夫人回答說，丈夫絕不會與他人結怨，此外財物上也沒有任何損失，所以實在想不出為什麼有人會殺害自己的丈夫。

過了不久，剛才那位警官果然帶來了一位貌似忠厚老實的中年人。

那位男子站在大月面前戰戰兢兢不住地彎腰低頭，以不加修飾的言詞說出了案發的經過。

「——報告大人，我大概是在早上十點左右與老婆一起看到的啊！其實我們也不是看見全部的過程，只是看見一開始和結束的時候而已啊，反正只是看了兩次而已。一開始先看見被殺害的那個男人與一個穿著水藍色衣服的瘦小男子一同往梟山的方向走去，然後我就和老婆繼續手邊的工作。我們的田距離梟山很遠，所以我實在看不清楚他們的容貌和特徵啊！」

「請等一下。」

原本仔細聆聽證人說辭的大月突然插嘴說道。

「那個穿著水藍色衣服的男子，應該沒有穿著外套吧？——或是手裡拿著外套呢？」

大月看了看證人男子與夫人。

夫人與男子皆回答說：

「既沒有拿著也沒有穿著。」

「有戴帽子嗎？」大月又再詢問。

針對此問題，男子回答說沒有戴，而夫人則是說看不清楚，但好像是戴著貝蕾帽吧！

突然證人男子說道：

「對了，我想起來了，被殺害的那位先生好像手裡拿著一個小型的黑色箱子。」

「什麼！——」大月看了看夫人，夫人回答道，直介外出散步時並沒有帶著這樣的東西，而且家中也沒有類似的黑色箱子。

「是這樣啊，那麼，請你描述一下第二次看到的情形吧！」

在大月的指示下，證人男子又繼續說道：

「——報告大人。第二次看到的時候是不久之後的事啊，因為我老婆突然指著海邊的方向，我不以為意地往樹林方向看去，誠如這位夫人所說的一樣，在梟山的懸崖邊，那位穿著水藍色衣服的男子正與夫人的先生發生爭執的模樣，不一會兒夫人的先生就被推下懸崖了，然後那名瘦小的男子匆匆忙忙拿著黑色的箱子往樹林裡跑去——如果我當時能追過去，或許就能看見凶手的真面目了，但我們那時都慌了手腳，心裡只擔心摔下去的人，於是拚命地往懸崖方向跑去，甚至還冒著生命危險爬下懸崖，結果墜落的人已經氣絕身亡了，我與老婆兩人實在沒有能力將屍體抬上去，所以覺得還是應該先通知警方。無可奈何又拚命地爬上去，然後飛奔至城鎮去，結果在路上就看見夫人昏倒在路邊，趕緊救起了夫人——大致的經過就是這樣啊！」

證人說完後，又再度低頭致意。

大月點燃香菸，似乎對整個事件充滿興趣而陷入冥思中，然後忽然對著夫人問道：

「妳先生是因病而搬到這裡來的，所以應該常有人來探望吧？」

「嗯，經常有人來探望。不過，最近來的訪客幾乎都是劇團的人。」

「是這樣啊，是瑪瑙座——劇團吧！最近有人來過嗎？」

「嗯，有三個人來過，都是劇團的人。」

「可不可以說一下關於這三個人的事呢？」

「好的，三個人其中之一是瑪瑙座的總務兼編劇上杉逸二先生，應該是三天前從東京過來的，截至今天為止都住在城鎮裡的旅館，昨天和前天都曾來到這裡與先生商談有關劇團的事。然後另兩位則是女演員中野藤枝小姐和堀江時子小姐，兩位皆是時髦且美麗的女人，她們並不是以劇團為主業，所以私底下各自有其職業與社會地位，有關詳細情形我實在不清楚。她們昨天也是投宿在城鎮的旅館，昨晚曾來過這裡，今天則與上杉先生一同返回東京，聽說她們與上杉先生都是熟識。」

「那麼，三位訪客是搭乘今天幾點左右出發的列車呢？」

面對大月的詢問，看守的警官又再度答話了。

「根據我們的調查，是搭乘中午時分的列車返回東京。當然，由於距離案發時間約有一個小時左右的空檔，加上並沒有任何可疑分子進出本城鎮，所以我們也必須將他們列入嫌疑犯調查。根據旅館方面的報告，他們三個人似乎都是隨性地各自活動，尤其是上杉先生提不出不在場證明，所以有關當局已經準備著手偵查了——不過，根據證人描述凶手的模樣，似乎與上杉逸二先生的外貌有很大差異。因為上杉先生比起被害人岸田先生還要高大許多，所以就特徵方面，實在不符合證人的說詞啊！——」

接著，警官彷彿惶恐自己會不慎說出偵查的機密，於是漸漸地開始保持緘默。

大月看了看祕書秋田，然後刻意壓抑住心中的亢奮，以極為平靜的口吻說道：

「總之，我們還是到案發的現場看看吧！」

◇◇◇

丘陵上覆蓋著猶如天鵝絨般的草坪，其間處處有著矮小的灌木叢林，遠遠看起來就像隻停在樹梢的梟，面向海面的斷崖沿岸陡峭地突出。遠方的東海捲起了浪花，在彼端的水平線上一艘往西行的外國船隻，緩緩地吐著漫長的黑煙似動非動地行駛著。

對於整個事件充滿好奇的大月與其祕書秋田，跟隨著剛才的證人男子來到了丘陵上。

證人指著斷崖對大月說：

「那裡留有打鬥過的足跡啊！——是警察發現的。」

於是他們往那裡走去，大月則跟祕書說：

「喂，你不覺得很奇怪嗎？——儘管今天的氣候溫和，但也不至於會穿上那樣不符合季節的水藍色衣服，而且也沒有攜帶外套，感覺應該不是特地從遠方來本地的人。我覺得凶手應該是在這裡待上一段時間，已經相當熟悉這裡氣候的男子。而且，這個男子竟然能委託岸田先生幫忙拿著黑色的箱子，所以依照常理判斷，這個人應該是與岸田先生是相當親密的同輩，或者也許是長輩，而且還是個貌似女性的男子呢！根據證詞判斷，凶手應該比岸田先生還要瘦小，儘管岸田先生身體虛弱但畢竟比凶手還要高大，能在爭執後輕易地將岸田先生推下懸崖，想必凶手除非擁有了不得的功夫，否則就是與被害人處於相等關係以上的地位。」

原本沉默跟隨的證人隨即插嘴說：

「是啊，的確是這樣的。被害人被推下懸崖時，我看得最清楚了。真的就是輕而易舉啊……就樣這樣……啊。對了！這就是他們爭執時留下的腳印。」

證人一邊說著，一邊快步地奔跑出去，然後指著地上的痕跡。

正如男子所言，在接近懸崖約六坪左右的地面上並沒有覆蓋著草地，而是帶著潮風濕氣的黑色砂地。砂地的角落直到懸崖邊布滿著混亂且似打鬥過的激烈足跡。但再仔細一看，卻又好像是普通步行的鞋印。為了避免踩到那些鞋印，在周圍還有幾處疑似是警官們留下的較大鞋印。

大月沿著鞋印仔細觀察。

大的鞋印應該是直介的，而較淺且小的鞋印則是凶手的。這兩種鞋印，忽強忽弱地，猶如轉圈又猶如踩踏般，感覺像拖著腳尖滑行般激烈且混亂地延伸到崖邊。到了崖邊直介的鞋印突然消失了，取而代之的是砂地一角彷彿被重物撞擊後的擦撞痕跡，然後下面就是令人昏眩的斷崖絕壁。

大月又再度回頭，再次檢視鞋印的痕跡。兩種不同的鞋印似乎是以極普通的步伐走到這裡來，他彎下脖子仔細地觀察那些清楚留有鞋印的地方，然後突然抬起頭說：

「咦，真是有趣啊！」而後對著證人說道：「你確定凶手是男的嗎？——但是，凶手應該是女人啊！——」

秋田與證人聽了大月的話後，無不大吃一驚。兩人隨即睜大眼睛望著地面上的鞋印。但是，兩個人怎麼都無法看見類似高跟鞋般的女鞋鞋印，只不過是鞋印的面積較小罷了。秋田抬起頭望著大月，似乎希望能得到大月的說明。大月沉靜地微笑說：

「不懂嗎？——那我就解釋給你們聽。首先，請先仔細看看這個鞋印。第一，我想任何人看見了都會認同這是個非常小的鞋印。第二，鞋子愈小，相對的腳尖與腳跟的間隔——也就是著力也就愈大。第三，也是最重要的地方，請各位看看腳跟的部分。這個是岸田先生的鞋印，明顯看得出鞋底打釘的痕跡，這也是最普遍的男鞋鞋印，除了特殊的運動鞋之外，大部分的男鞋幾乎都會在鞋跟留有打釘的痕跡。但是，凶手的鞋印則沒有打釘的痕跡。而且男鞋也幾乎沒有這麼小的尺寸，除非是童鞋，若是運動鞋則不可能有如此大的著力點。而且其他鞋子或運動鞋也應該留有鞋底特殊的凹凸痕跡，或是金屬片等的痕跡。但凶手的鞋印卻是——整體小巧，外圍輪廓比普通的鞋底還要平坦和細長，而且著力點又非常大，一般人腳掌的著力處應該是在腳踝骨的下方，但有些女性穿著女鞋時，著力處會往前移，所以鞋印的前面會留下較深的局部痕跡——綜合以上的推論，我認為這應該是一種木鞋——而且是盛夏海水浴場，女性們流行穿著的一種時髦涼鞋，而且涼鞋的側面應該是鮮豔的胭脂色——為什麼呢？各位請看。」

說完後，大月從鞋印處拾起了一小片已經幾乎埋進土裡的胭脂色漆片，拿給另外兩人看。

「當然，會掉落下這樣的漆片，可見那雙涼鞋已經穿了相當的時日，所以應該十分老舊了。去年，我在某處的海水浴場曾經見到某位女性為了搭配這樣的涼鞋，而穿著了相當時髦的上衣和褲子，如果我記得沒錯的話，應該是鮮豔的水藍色。說到這裡，或許你們會以為若是凶手故意男扮女裝，故意穿著女用的涼鞋以轉移偵查的方向。但是這是不可能的，為什麼呢？因為若凶手是男性，他如果有這樣的居心企圖讓別人以為他是女人時，他就不會選擇穿著水藍色的上衣與褲子，而應該會穿著明顯就是女性的服裝例如洋裝等之類的……所以，當我聽見夫人最初的證詞時，就覺得有點不太對勁了，從遠處看見穿著男裝的人就以為凶手是男性，這樣粗略的判斷實在是太大意了啊！再說現在的日本女性流行穿著男裝，謀殺岸田先生的女性應該也是走在時代尖端的時尚者吧！——總之，凶手若是為了避人耳目而喬裝成女性，就更不可能自暴自己的罪行，所以我們還是再尋找有無任何線索吧！」

大月又再次專心地觀察鞋印的痕跡。

過了一會兒，他隨著鞋印痕跡從砂地走進了草坪，然後揮手示意要其他兩人過去，接著指著地上說道：

「你們看，是蘋果皮。」他對著證人問：「這是警方不慎掉落的東西嗎？」

「這個嘛——其實在這附近發現蘋果皮也並不是什麼奇怪的事啊，所以我想應該是警察先生不小心掉落的。警察先生們曾經在那一帶仔細搜查過喔，在那樹林的入口處散落著許多紙屑，他們都小心地撿起帶走呢！」

「紙屑？」

「是啊！好像是書還是什麼之類的撕碎後，為了怕人發現而故意丟棄在樹幹的底部。撿起那些紙屑的警察，好像剛好拿起了書頁的首頁，聽說是寫著——『花束之蟲』……之類的字吧？」

「喔——原來是這樣啊……」

大月閉上眼睛思索了一會兒，突然說道：

「總之，蘋果果皮並不是警方調查時不小心掉落的，這不是偶然的，而是與案件有著密切關係——也就是說，是事件發生當時所削下的果皮。請各位仔細看看。瞧，這果皮上還有岸田先生的鞋印呢！若再仔細觀察，或許還會發現凶手不小心留下的鞋印。因此，這果皮若不是在凶手犯案前所丟棄的，也絕不是犯案後所丟棄的。由此可知，被害人與凶手曾經兩個人在這山丘上削去了蘋果皮。」若是再注意看的話，大月拾起了蘋果皮，「你們看，削的方向是向左旋轉的。若是依照偵探小說的推理，既然凶手是女性，那麼削蘋果皮的自然就是凶手了。而且不用多說，凶手的確是左撇子——但是，那個黑色的箱子又是什麼呢？能夠這麼輕而易舉將岸田先生推入懸崖的女人，又是誰呢？而所謂的『花束之蟲』又是什麼意思呢？……」

大月又陷入了思索。他繼續抱住手臂循著鞋印不厭其煩地來回踱步著。祕書秋田不知是不好意思打擾大月的思索，還是已經厭煩了這些推敲琢磨，他拉著證人開始欣賞周遭的風景，然後仔細聆聽導覽說明。

而大月依舊徘徊思索著，忽然停止了腳步彎下身軀，從草叢裡拾起不知什麼東西，好像是又黑又薄的板狀殘片，他仔細看了半天後，靜靜地放入自己的口袋裡，然後彷彿想著什麼似地站起身來。

不久之後，大月即示意要秋田和證人一同下山去。

近黃昏時，寒風果然順著海面席捲而來。由於時間已經太晚了，再加上尚未處理岸田先生過世後的事宜，所以明天早晨夫人決定與他們一同返回東京，於是兩人決定在別墅的客房裡借住一晚。

根據梟山的搜查檢證，大月似乎認為事件充滿了疑點。晚餐三人圍著餐桌用餐時，大月即迫不及待地向夫人問道：

「也許我的問題有些奇怪吧，請問妳知道什麼是——『花束之蟲』嗎？」

「啊——」夫人臉上露出了驚訝的表情，「為什麼會問這樣的問題呢，〈花束之蟲〉是上杉逸二先生所寫的第二幕的腳本啊——」

「喔，原來如此啊——那麼內容呢？」

「這個嘛，我實在不太清楚……昨晚先生告訴我，那是這次瑪瑙座創立紀念公演所要上演的劇本之一啊！昨天上杉先生來訪時，把劇本交給了先生，所以我只知道這樣而已啊！」

「這樣啊，那麼也就是說妳先生在今天以前尚未讀過劇本？」

「這個嘛——我實在——」

「我知道了。我想在妳先生今天出外散步隨手攜帶至梟山前，他應該尚未讀過吧……」

大月說著說著又陷入了沉思中，嘴裡則咀嚼著餐盤中的食物。

晚餐過後，夫人一邊削著鮮豔欲滴的蘋果，一邊與大月商談有關遺產或其他的相關事宜。

此時，秋田忽然想起大月說過凶手是左撇子的事，於是刻意地觀察了夫人削蘋果的方式，原來夫人並不是左撇子。

翌日早晨——

比起昨晚顯得更有精神的大月，在用過早餐後準備離開這裡之前，再次單獨地前往案發的丘陵看看。抵達懸崖邊後，現場已經不復昨日般完整了，但他還是轉印下了鞋印等等。做完這些工作後，終於稍顯安心地返回了別墅。

不久，大月、秋田、比露子夫人搭上了從銚子車站出發的列車，準備返回東京。

在車廂內，大月對於此案件似乎顯得胸有成竹，自信滿滿地告訴他們，這一、二天之內應該就能查出真正的凶手了。然而不知何故，他就是不肯吐露詳細的情況，為此秋田內心因而有些許的不滿與懷疑。

◇◇◇

離開屏風浦後，大月與祕書秋田即返回位於丸之內[3]的事務所，那時已經是當天午後兩點過後的事了。

在兩人不在事務所的一天時間裡，已經堆滿了兩、三件新的案件等著他們處理。儘管祕書秋田歷經昨天的屏風浦之旅後，對於大月所言開始抱持懷疑態度，但此時他還是極為服從地詢問大月，必須先著手調查處理哪些事情。但是，接下來大月的態度卻再度讓秋田感到震驚與懷疑。

——從銚子回來後還不到兩個小時的時間，把新的案件完全交給秋田處理的大月，原本打電話至位於築地[4]的瑪瑙座辦公室欲前往拜訪，但通過電話後，不知想起了什麼，突然穿上了正式的禮服，並在胸前的口袋裝飾上白色的手帕，然後就不顧一切地往大街上飛奔而去。

大月不顧自己的年紀，吹著口哨快步地走在人行道上，在銀座的餐廳裡喝了一杯威士忌後，隨即攔了一輛計程車來到了聯合舞廳，然後在舞廳裡練習了許久以前曾學過的華爾茲舞步——隨後不到二十分鐘的時間，又再度搭乘計程車命令司機趕往日美舞廳，而後又是國華舞廳。

——就這樣，大月周旋於聯合、日美、國華、銀座、佛羅里達等五個舞廳，最後在佛羅里達舞廳帶了一位年輕美麗的舞小姐出場，然後兩人飛車趕回丸之內的事務所。

此時，原本依慣例應該下班返家的秋田，仍遵照大月的指示留下來處理事情。沒想到竟看見大月帶著年輕的女人返回事務所，更是驚訝得說不出話來。

大月若無其事地走進辦公室，並對著秋田露出一絲微笑，隨即帶著那女人直接走進隔壁的房間裡，然後關上了房門……

愕然的秋田耳朵裡，不斷聽見從隔壁房間裡傳來狂熱的爵士音樂及輕快的舞步聲。

他是第一次看見大月先生這個模樣，秋田已經無心思再處理工作了。他的鼻尖冒出了汗水，為了止住按捺不住的暈眩感，不斷抓緊著辦公桌。終於漸漸地平靜下來，他的腦海裡猶如流水般蕩漾著種種思緒……

——難道，那個女人就是在梟山穿著涼鞋行凶的女子嗎？這麼說來，大月先生是……

但是為何要如此大費周章呢……不，這一定是大月先生的計謀，為了避免那個女人逃跑，所以故意將凶手引來，而剛才大月先生意味深遠的那一笑就是肢體的暗示——

秋田想著想著，這才發現隔壁房間的喧鬧聲已經結束了，取而代之的是低沉細微的談話聲。然後談話似乎結束了，好像有人從椅子上站起來整理服裝的聲音。秋田立刻從椅子上站了起來，像野獸般地直往門前撲了過去。

突然，房門被打開了，看見了大月的背影，從那穿著正式禮服的身影後面傳來女人嬌豔的聲音：

「哎呀，不行啦，我不能收……」

接著又見到大月兩手把東西推向了女人，然後對著秋田說：

「你啊——究竟在做什麼，客人已經要回去了，還不趕快送客。」

秋田眨了眨眼睛，不自覺地退後了幾步。

「真是抱歉啊！——那麼，歡迎你隨時再來店裡玩啊！」

那個年輕女人拋著媚眼對大月說道，然後完全無視於秋田的存在隨即步出了辦公室。

大月坐在自己的椅子上，心滿意足似地點起了香菸。

秋田再也無法忍受了，他坐到大月的身旁劈頭就問：

「這究竟是怎麼一回事？」

「也沒有什麼啦，總之，我現在就解釋給你聽。」

大月從口袋裡取出昨天在屏風浦的斷崖上撿到的，也就是那個又黑又薄的板狀殘片。

「這是什麼，你知道嗎？來，你仔細看看。」

「……這是什麼——啊，難道是唱片的殘片嗎，這究竟代表什麼意思啊？」

「你別急，你看見底下的那些燙金文字了嗎？」

「嗯，看見了……arcelona——還有 Victor. 20113——然後是 ch fox-trot——」

「沒錯，前面有部分的字不見了，不過指的就是所謂的社交舞。有些人稱之為 march fox-trot——你好像對社交舞也滿有興趣的，應該知道那種舞步吧？就是狐步舞[5]。」

秋田頓時漲紅了臉，不知道該如何回答。

「我也是僅聞其名，我是初學者，所以完全不知道那是什麼樣的舞步啊！」

「喔，是這樣啊——其實我也不知道啊，但是剛才離開的那位客人告訴我，原來那種舞步在四、五年前才引進日本的，一般稱之為 six eight。在歐洲有人稱它為西班牙舞步。就如其英文名稱所顯示的，那種舞步就像是在畫數字般，是一種非常簡單俐落的單一舞步——來，你覺得這個是什麼呢？」

大月說著，然後取出一張紙張放在秋田的面前。秋田仔細一看後。隨即得意地說道：

「——我知道了，這就是 march fox-trot 舞步所留下的鞋印，但是你印下這鞋印準備做什麼用呢？」

大月笑著說：

「——哈哈哈……這件事好像可以告訴你，又好像不能告訴你啊！」

「請你告訴我！」

秋田不加思索地脫口而出。

「好吧，我就告訴你吧，這個除了是舞步之外，還代表了另個含意！」

「另個含意？」

「就是屏風浦的斷崖上，那些清晰可見的爭執足跡啊！」

——此時，秋田終於明白了大月所做的一切。

◇　◇　◇

看著恍然大悟卻又帶著幾分失落的秋田，大月微笑且平靜地吐了一口煙，然後接著說道：

「——當然，一開始時我也堅信那些混亂的足跡，應該是爭執打鬥過的痕跡。但是，在你與那個證人男子說話時，我在草叢裡找到這個唱片的殘片，然後頓時明白了一切，或許當時你無法了解我究竟在做什麼，但是說實在的，在那樣荒涼的地方，而且又是案發的現場，竟能撿到唱片的殘片，我比你感到更不可思議啊！再仔細看看那個唱片的殘片，上面竟然有那個類似女鞋的鞋印。也就是說唱片被那涼鞋踩到了，踩破後留下這樣的殘片在砂地與草叢之間——我想了又想，終於解開了謎底——在那樣純樸的城鎮裡，卻住著如此時尚的岸田夫婦的確特別引人注目啊！總之，若是在那視野遼闊的丘陵上，無論是岸田先生也好，或是比露子夫人也好，任何人也都無所謂，只要是與岸田家有關的任何人拿著手提音響在那裡聽音樂跳舞，對當地那些純樸的居民來說都是不可思議的景象啊！而這個唱片缺片，也應該是與岸田家相關的人所掉落的，如果我大膽地推測是某個人在那裡跳舞時不慎踩碎的，應該也沒人可以提出異議吧！所以第二天清晨，也就是今天早上，我再度到了那山丘做最後的勘查，原本昨天看起來像似爭執後所遺留下的足跡，再經過仔細觀察後，竟發現那些鞋印似乎帶有某種的節奏與規律。當時，我不禁發出了驚訝聲，而且愈看愈明白究竟是怎麼一回事。當然，若是艱難或狂野的舞步，或許我還無法察覺得到。但是如此簡單且明瞭的步伐，立刻令我聯想到就是舞步的足跡啊！

於是各種思緒開始在我的腦海裡翻騰。我想起昨天夫人在別墅時所說的證詞——突然，兩個人開始發生肢體的爭執等等。你還記得吧，夫人在證詞中說道，看見案發的當時，自己的丈夫與一位穿著水藍色衣服的瘦小男子。然後你再回想看看，比露子夫人在與岸田先生結婚前，的確是飯田橋舞廳的舞小姐啊。擁有這樣經歷的夫人，縱使站在多遠的距離應該都會明白那究竟是跳舞還是爭執啊，然而她的證詞竟與另一位完全不懂得社交舞的純樸農夫證詞完全相同，實在令我難以置信。所以，我開始對夫人所說的話產生了存疑。同時在我的腦海裡，也開始浮現與岸田先生共舞的，或許就是曾經是職業舞者的比露子夫人，畢竟這樣的推理是最簡單也最具有說服力的啊！——但是不管如何任憑想像推理，最後仍必須講求證據。你昨晚應該也有看見，比露子夫人為我們削蘋果的模樣吧！也許是因為我在案發現場斷言『凶手是左撇子』的緣故，所以你才特別留意夫人的手，但是當你發現夫人不是左撇子後，似乎也不太願意相信我的推論了——但其實，你的敏銳度仍然不夠啊，不，應該說是觀察力不足啊！如果當時你能再仔細地觀察，一定會發現意想不到的結果。為什麼呢，因為夫人的確是慣用右手，畢竟她是如此自然地使用右手。但儘管如此，我卻意外地發現從夫人指尖滑落下的果皮，竟也是與案發現場一模一樣的左旋轉方向。當時我十分震驚，但仍力圖假裝鎮靜……怎麼會這樣呢？其實謎底很簡單，問題就在於下刀的方向，一般人手拿著水果削皮時，通常都會從朝自己最近的方向開始削起，但夫人卻是從相反方向開始削起——當然這樣的習慣的確很特別，我們昨晚就在別墅親眼目睹了夫人獨特的削果皮方式。而我一直相信偵探小說裡的推論，卻因而差點犯下了大錯……你看這蘋果皮……」大月說著說著，不知從何處取出一個小紙箱，然後從裡面拿出像是小心珍藏的兩條蘋果皮。「看起比較黑的是在案發現場發現的，而另一個則是今天早晨在別墅垃圾桶裡找到的。我想你應該也發現了，我已經從這些鮮豔的果皮上採集到同一人的左手拇指指紋了——所以殺害岸田先生的凶手就是比露子夫人。」

但是，事情似乎還沒有完結。大月一邊爽朗地笑著，一邊起身走到隔壁的房間裡，待他走出房間時右手提的東西，不禁令秋田大吃了一驚。

原來那是今天早晨三人離開屏風浦別墅時，比露子夫人隨身的唯一行李啊，秋田協助夫人提到了銚子車站，那個華麗格子花紋的行李箱的確令人過目難忘啊！

「不要那麼驚訝。其實，當我發現夫人僅有一個行李時，就知道行李裡大概藏著犯案時的東西了。所以，在銚子車站時我故意親切地協助夫人處理行李的運送，然而我寫的抵達地址卻不是夫人的宅邸，而是我們的事務所——所以，現在夫人應該很著急地奔波在兩國車站尋找行李吧！只是你啊，竟然渾然不知，連這個行李已經被放進了隔壁房間竟還不自知。」

大月笑著從口袋裡取出了打好的鑰匙，急忙地打開行李箱。

仔細一看，原來裡面放著亮眼的水藍色上衣和褲子，還有胭脂色的涼鞋及手提音響。

「那麼，〈花束之蟲〉又是什麼意思呢？」

秋田又接著問道，大月再度點起香菸：

「這個嘛，最初我以為是某句話的暗號。但其實不然，所謂的〈花束之蟲〉，不過是上杉所寫的腳本標題罷了。可是看見山丘上被四分五裂的劇本，我又直覺岸田先生的死應該與劇本有很大的相關性——換句話說，這應該就是殺人的動機吧！所以，我剛才打電話到瑪瑙座的辦公室詢問有關劇本的內容，結果原來裡面寫的是關於一個女人通姦的故事。而夫人卻十分不願提及有關〈花束之蟲〉的話題。為此，我也就開始懷疑夫人的過去，於是為了了解夫人的過去，也為了了解所謂的社交舞步，我竟也不顧一切地周旋於各舞廳——所幸，終於遇見了比露子夫人在飯田橋時代的朋友，也就是剛才你所見到的那位年輕女子，從她的口中得知上杉逸二與比露子夫人過去的情事，而且夫人的私生活原來是如此糜爛——根據這些證詞，加上我貧瘠的想像力，於是架構出了這樣的犯罪故事——首先比露子夫人與岸田直介結婚以後，仍受到以前情夫上杉的要脅——也許是期待恢復舊情，或是要求物質上的補償等等——而〈花束之蟲〉這本暴露夫人糜爛生活的劇本，則是上杉用以威脅的最後武器，他希望藉此能為他自己在瑪瑙座取得更高的地位。當然，夫人也知道一切。那時她深切地感受到自己目前富裕的生活與社會地位受到威脅，並且深陷極度恐懼的漩渦中吧！就像是偷情的妻子害怕丈夫看見情夫寫來的情書般，夫人也極力地阻止丈夫看見那劇本——但是，夫人終究是愚蠢且歇斯底里啊！昨天早晨，夫人穿著與季節不符的服裝，拉著急切想閱讀〈花束之蟲〉的岸田直介到梟山野餐，途中讓他提著那個被證人誤認為黑色箱子的手提音響。我不認為夫人是在預謀犯案的情況下，而故意穿著男裝的。那應該僅是犯罪前的微妙心理變化——也就是在被威脅下，做出的本能反應吧！夫人為了避免丈夫閱讀〈花束之蟲〉，極盡一切能力引起丈夫分心——終於，兩人在視野廣闊的懸崖上開始跳起舞了，而那支舞也必定是熱情奔放的西班牙舞步。就在舞動著，心情達到最高潮時，夫人心底的惡魔突然睜開了雙眼——你應該也記得另一位證人說過，岸田先生簡直是輕而易舉就被推入了懸崖——頓時夫人完全化身成為惡魔了，她不需要再害怕〈花束之蟲〉了，於是隨即將劇本撕得粉碎，然後隨即提著手提音響返回別墅。依照平常犯罪者的心態，為了掩飾罪行，最簡單的方法就是買通證人——你不妨打開這個手提音響看看，就在他們沉醉於舞蹈時，卻不慎踩碎了唱片而留下這樣的缺角，而另外這些則是我剛剛借到的，這些都是同樣的西班牙舞步的唱片啊！——」

大月說完後，隨即將香菸丟進了菸灰缸裡，然後仰躺在椅子上，開始思索著檢方可能對夫人提出的嚴厲刑求，以及將來如何面對與因應的辯護問題。

1 銚子市是一個位在日本關東地方東部，千葉縣東北部的城市。

2 房總半島是位於日本關東地方東南部的半島，東側與南側鄰太平洋，西瀕東京灣，北與本州的關東平原相接，佔千葉縣的大部分轄區。

3 丸之內是日本東京都千代田區的一個區域，位於皇居外苑與東京站之間。

4 築地是日本東京中央區的地名，位於隅田川北側。

5 源於非洲美裔人的會所，是一種社交舞（Ballroom dance），俗稱慢四步，用 4/4 拍的音樂。狐步取名於它的創作者哈利．福克斯（Harry Fox），與狐狸並無關係。

両面競牡丹

兩面競牡丹

一九三六年十二月

發表於《ぷろふいる》

酒井嘉七

出生年或出生地等詳細生平不詳。據說曾任職於神戶的貿易公司。昭和九年（一九三四年），以〈美國發出的第一個訊息〉於《新青年》發表作品而初登文壇。戰前曾發表過十餘篇的短篇小說，其中〈空中飛翔的惡魔〉、〈被詛咒的航線〉則是以飛機為主軸的小說，而〈長歌勸進帳〉、〈京鹿子娘道成寺〉則屬於戲曲型小說，涉足完全不同風格的創作的確極具特色。昭和二十二年（一九四七年）出版了《偵探法第十三號》的短篇小說集，亦著手翻譯艾伯哈特的長篇小說《迷霧中的殺人事件》等，並於當年度逝世。其遺作短篇小說〈完全犯罪者日記〉於昭和二十七年（一九五二年）刊載於《黃色的房間》雜誌。《專業偵探》雜誌則陸續刊載昭和十年（一九三五年）的〈偵探法第十三號〉等三篇短篇小說，以及〈郵務飛機三百六十五號〉等三篇極短篇小說。此外，也著手翻譯格林的〈尋寶〉與卻斯塔頓的〈失蹤的五個男子〉等。曾出席參加讀者所成立的神戶偵探俱樂部的首次聚會。

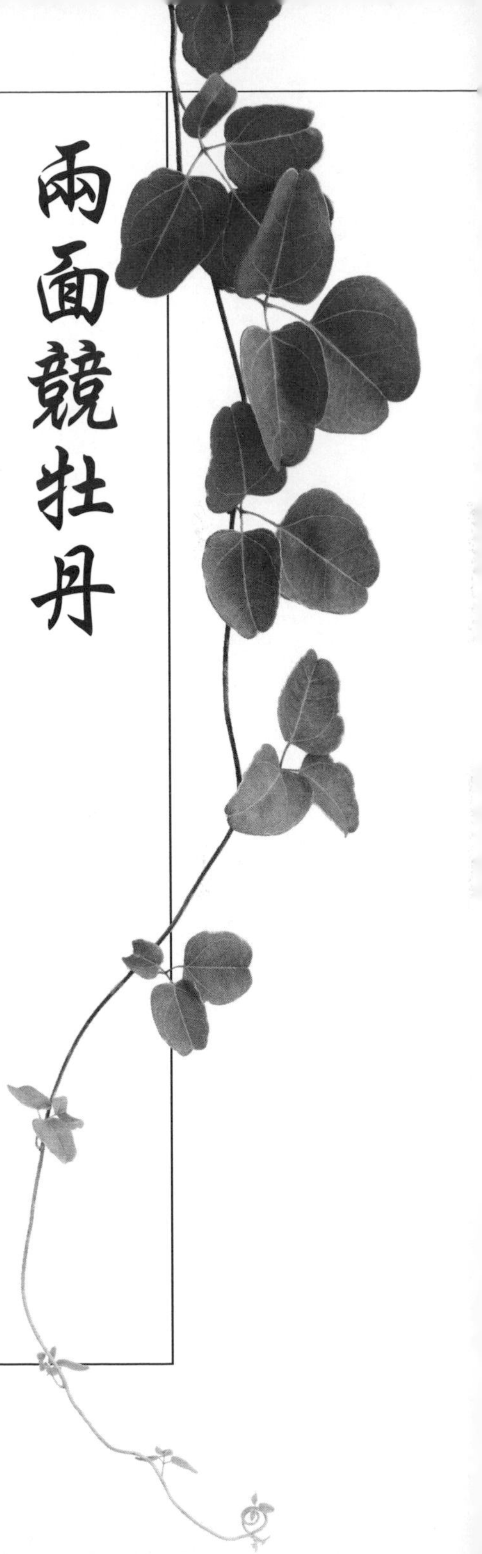

奈良坂上的小百合、姬百合朵朵盛開

——常磐津[1]〈兩面月姿繪〉

這裡是港鎮的街角，附近都是代代傳承的舊屋，當然也有商家，有三河屋、駒屋、還有井筒屋等，這些商家的招牌都不顯眼，感覺就像是普通的住宅般——其實說是商家，也只是保有招牌而已，這裡的住戶都是堅守代代相傳下來的財產與舊屋，而彼此相安無事且平靜地在這街角上生活著。我的家就位在這個城鎮裡，目前的住屋雖談不上是什麼了不得的資產，卻是讓我們得以安身立命的歸宿——我與母親就是抱持著這樣的心情，安逸地生活在一起。

母親是小曲與日本舞蹈的師傅。但是絕不能與現今那些新花樣的戲曲或舞蹈相提並論，而是舊有的〈三味線〉、〈譬喻〉、〈春雨〉、〈御所車〉、〈接唱〉、〈嬉唱〉等戲曲與舞蹈。母親並沒有刻意要我學習成為師傅，但自幼耳濡目染，四歲時我竟已學會了〈春雨〉。從此之後，我就成為母親的助手，在旁協助指導學生。就在我十七歲的那年春天，由於氣候等諸事不順，母親竟因病而臥床兩、三個月之久，於是從那時候開始，我就代替母親擔任起教學的任務。雖然母親後來逐漸康復了，卻仍由我繼續教導那些孩子們。漸漸地，不知從何時開始，母親退休過著隱居的安逸生活，而把全部的工作交給我全權處理。靠著教授傳統戲曲過活，的確是難以餬口啊！但所幸前來學習的孩子總是保持在十四、五人左右，倒也讓我和母親的生活不虞匱乏。

就在我從事教導傳統戲曲，約過了半年以後吧，突然發生一件恐怖的事，至今都令我難以忘卻啊！那是結束課程之後，某個起霧的午後。其實那樣陰鬱且多雲的天氣從兩、三天前開始即天天如此，我們也不覺得奇怪或有什麼不舒服的。但似乎毫無止境的壞天氣，低迷地籠罩著整個大地似的。而那天中午過後，竟起了大霧，整個港鎮瀰漫著濃霧。雖然還是白天，但天空堆積著沉重且廣漠的灰色雲層，從雲層的間隙裡滲出了濃郁且乳白色的氣體，緩緩地流向每戶人家、每條通道。當時，我因為要外出購物，而到了三之宮[1]的百貨店。其實我也不是特別需要買些什麼，如今回想起來，既然沒有非去的理由，卻在那天到了那個地方，或許這就是所謂前世已注定的命運了吧……我在百貨店看到了新花樣的京都染及各種腰帶，心裡想著回去前為母親買個金戒指吧！——但價格實在太貴，所以作罷。

這樣陰霾的天氣，即使是繁華區的百貨店也是人煙稀少。我先搭乘電梯來到八樓，看過了京都染與腰帶後，就順著樓梯走到了七樓與六樓。樓梯的另一側是從天花板到地板的落地窗，從窗戶可以望見不遠處的港口船隻，每下一個階梯就能從窗外的濃霧中隱約見到外面的景象。窗外迷濛的濃霧猶如魔鬼般，朦朦朧朧地，似乎飄蕩著某種不可思議的氣氛。我感覺到些許的詭異與恐懼，然後靜靜地走下階梯。就在從七樓通往六樓的階梯處，本來沒有任何人的腳步聲，但就在我下了半個階梯欲轉彎時，突然，從下面靜悄悄地走來一個人影，幾乎要撞在一起，令我只得佇足閃躲。就在我與對方四目相望的瞬間，不禁發出了驚訝的叫聲。因為那個人不是別人啊，是我——是的，沒有錯，就是我自己啊……

我該怎麼說呢？怎麼會有這樣的事，原來除了我自己之外，還有另一個我，而且兩個人又是如此相像——也許別人聽見這些話，會覺得沒有什麼好稀奇的吧！這個世界上，總有些長得挺相像的人——有像我的人，或是我長得像他的人。但是所謂的相像，搬到此情此景時，卻絕不是正確的字眼。因為那就像是我自己朝夕照鏡子般，像是在鏡子中看到的自己一樣。所以，在四目交會的瞬間，我不禁嚇出了一身冷汗——猶如是感染了瘧疾般不住地發冷顫抖。為什麼，為什麼會親眼見到另一個不是自己的自己呢？窗外那棟巨大且雪白的建築物，襯著霧海在迷濛中彷彿已經飄浮起來了。宛如惡魔般的濃霧，飄蕩在窗戶玻璃外面，裡面似乎充滿了不可思議的奇景，難道是這些神祕且詭異的迷霧，擾亂了我的心智嗎？但是難以言喻的恐懼感強烈震撼著我的心，不敢再回頭張望，就聽見那另一個我悄然無聲地爬上了階梯，然後消失得無影無蹤。

◇ ◇ ◇

由於過度的害怕，即使已經過了四、五天的時間，我的身體仍猶如風寒般不住地顫抖，日日夜夜地想著那天的景象。就如常磐津淨琉璃[2]的〈兩面月姿繪〉，也就是俗稱〈賣蔥〉的那首知名的戲曲，裡面也出現了兩個名叫阿惠的女子。

……請問妳叫什麼名字？

……我名叫阿惠啊！

……那麼妳又叫什麼名字？

……我名叫阿惠啊！

……真的嗎，這個也是阿惠，那個也是阿惠，這究竟是怎麼回事啊！

其實故事中，只有一位是實際的人物，而另外一位則是惡靈的化身。相同的，難道那天我所見到的另一個自己也是怨靈的化身嗎？——我想著想著，就更覺得恐懼不已。況且在我的家鄉自古有種傳說，若是見到另一個自己的影像，就表示自己將不久於人世。我害怕自己應驗了那個傳說，每天提心吊膽得失魂落魄，甚至無法專心在教學上，只得委託母親代課，推說自己身體不舒服，就這樣躺在床上四、五天之久。

就這樣過了五天，又到了第十天時，終於完全忘記那天的事了。又過了兩個禮拜之後，我猶如從惡夢中清醒過來，那個景象徹底且乾淨地從我的腦海裡消失得無影無蹤了，雖然偶爾還是會在剎那間憶起了那時的恐懼。（那個時候，應該是天氣的關係，才會擾亂了我的心智吧！）

我這樣告訴自己，但是心底又有另一個聲音出現：

（不，我的確看見……）

每當腦海出現這樣的念頭時，我總是用力地搖晃自己的腦袋，告訴自己：

（不要再想了，不要再想了，快點忘記吧！）

就這樣一個人自言自語著。

所謂有一就有二，接二連三地發生了令我意想不到的事情。第二次發生的怪事，是在清掃房間的時候，突然從房間的角落發現一個鑲著寶石的戒指。不知何時掉落在房間裡的，況且也不是我的東西。我想或許是母親的，就拿著戒指去詢問母親，結果也不是。母親說：

「或許是來上課的學生們掉的吧！」

母親雖然這樣解釋，但畢竟是在我房間撿到的，學生們根本不可能會無禮地闖進我的房間啊！而且那也不像孩子們所應該擁有的東西。我內心覺得不可思議，但是既然是家中撿到的東西，當然也沒有理由交給警察，再說應該也不是什麼昂貴的戒指吧！於是我就將它放進櫃子的抽屜裡，漸漸地忘記了這件事。

就在戒指事件過後的兩、三天，竟然又發生了另一件奇怪的事情。我們的教室來了一位新的學生，若是一般的孩子們，或許不會令我感覺到奇怪，但對方卻是上了年紀的長輩，看起來像大戶人家的管家，而且日後果然引起了某個事件。

那時候，接連地下了兩、三天的梅雨，那天的午後下個不停的梅雨終於歇息，露出了晴朗的天空，令人身心都覺得舒暢了起來。上了一個上午的課，我總算能喘口氣歇息一會了。

「對不起，請問有人在嗎？」

一位年約五十二、三歲，穿著淡雅高貴服裝且氣質出眾的婦人突然來拜訪，看她的模樣應該是某戶人家的管家吧！

「若老師有時間的話，可不可以教我呢？」她說。

「其實也談不上是什麼戲曲，僅是教教孩子們而已，如果妳不嫌棄的話……」我答道。

最初，我對於這樣有身分地位的人，怎麼可能千里迢迢地來到我們這樣的地方上課，感到無比的懷疑與疑惑，畢竟以她的財力足以請名師到家中上課啊！但是，之後聽了她的述說後，才終於懂得箇中的道理。原來她果然如我所料，曾經是某知名資產家的管家，家住在蘆屋[2]，年輕時就活潑好動，但在太太及其他下人面前，實在不能失去端莊的儀態，所以根本不敢學習戲曲。直到退休恢復自由之身後，在時間的許可下，打扮成購物的模樣，希望能外出學習戲曲，但是又害怕若到有名的師傅處上課會遇見認識的人，所以才特地來到這個舊社區，就這樣找到我們的上課處了。

「如果老師可以的話，就從今天開始上課吧！」她說。

「妳要唱戲呢，還是學習舞蹈呢？」我問。

「唱戲。」她答道。

但是大部分上了年紀的人都會選擇舞蹈，而且是三味線的舞蹈，所以最初聽見她的回答時，我的確頗感驚訝。

「那麼就唱戲吧！」我說。

「請問，妳想唱哪首曲子？」

我刻意地詢問道。

「那麼，我想唱〈春雨〉還有〈梅春〉，不過今天就先唱〈春雨〉吧……」

於是，我調了琴弦。

「那麼，請唱吧！」

她開始順著三味線的琴聲唱著：

「……春雨，淋濕了黃鶯的……」

等到唱完後，隨即答禮致意說：

「今天就到這裡為止吧！」

我不知如何以對，只得回答：

「請不要客氣，如果這種程度的教法，還能合妳意的話……」

「請不要這麼說，其實我也不是急著學會什麼，只是希望能像邊玩邊學般，所以請老師慢慢地指導我吧！」

說完後，又接著說：

「這是一點心意，另外的就請其他同學們喝酒吧……」

然後從包裹裡拿出了兩個紙包，我收下了其中的學費，拿起另一個紙包說：

「雖說是同學，但其實都是些孩子們，實在無法如妳所願請他們喝酒啊！」

我微笑地婉轉拒絕，但對方卻優雅地說：

「原來是這樣啊，既然是孩子們，實在沒有理由請他們喝酒啊，那麼，就請老師買些餅乾或糖果招待他們吧！」

——◇——◇——◇——

從此她總是按時前來學習戲曲，兩個禮拜後，她已經學會了〈春雨〉，準備開始學習〈御所車〉了。某天，她突然說道：

「近期之內，我想到某處的溫泉度假一、兩個禮拜，但是一個人總是會寂寞啊……若是老師有時間的話，可否讓我招待妳一同前去度假呢？」

聽到這樣的話，我想任何人都會心動，況且又是招待老師的答謝禮。於是，我便聽從她的意見來到她借宿的旅館，泡了泡澡緩和了剛才上課的疲憊，然後換上旅館所準備的乾淨浴衣。

「老師，妳會不會無聊啊，不如我們做些什麼來消磨時間吧！」

「好啊，就這麼辦吧！」

於是將三味線交給旅館的服務生保管，就請來唱戲曲的人為我們唱戲。請來的是唱長戲的老師們，對於我這個唱小曲的師傅來說，的確是個難得的經驗啊！回家後，在母親的鼓勵下，我終於決定休息一、兩個禮拜外出度假。我告訴她願意隨同去度假後，她就送來了飾以華麗的島原花樣與絞縮緬的和服，以及繪羽花紋的長大衣、絞鹽瀨的腰帶與鞋子，準備齊全希望我能穿戴出外度假——我欣喜萬分，自然也以為那就是所謂的對老師的答謝禮。

外出旅行的當天，我從頭到腳都是那位退休管家所致贈的禮物。但是，她與我離開家中後，隨即說道：

「旅行期間，若我們以師徒相稱，恐怕會引人側目。所以我想我們還是改變一下彼此的稱呼，才不會壞了度假的興致。我想就這樣吧，妳就裝作是我的女兒，我稱妳為千代。而老師就稱我為母親吧，但感覺總是還有些做作啊，不然妳還是叫我伯母，這樣感覺比較自然些，好嗎？」

就這樣我們來到了中棧橋，準備搭乘嶄新的汽船「別府丸」。由於她已經準備好了船票，所以船一靠岸，我們就能立刻搭船了。就在預備搭船的入口處，遇見了一位她熟識的男子。那個人穿著西裝，似乎頗具身分地位。他們打過招呼後，我為了避免妨礙兩人談話，便退到一邊等候，但仍隱約可聽見他們的談話聲。我聽見她說：

「……想帶千代到別府去度假啊！」

儘管聽不見對方如何回答，也對於自己冒味地偷聽到他們的談話而感到抱歉，但是我總是對於那句「想帶千代……」頗為在意，不禁好奇地詢問，於是她笑著回答說：

「不是的，妳聽錯了，因為對方以為妳是千代啊，其實那個人是我的親戚啊，他知道我姪女千代那個女孩的事啊！」

經過她的解釋後，我才明白如果那個名叫千代的女孩還活著的話，應該也會成為教導戲曲的老師吧！可惜那個女孩在三年前去世了。所以她看見我就以為千代還活著似的，而且又能在我的門下學習戲曲，真是感到無比的欣慰啊！

提到在溫泉旅館的生活，其實只是日復一日罷了。通常一天的活動就是吃飯和泡湯。若早晨的陽光照進屋子裡，又正好泡過了澡，穿著浴衣，她總會說道：

「千代，彈點什麼來唱唱吧！」

於是，我有時彈著〈春雨〉或〈御所車〉，她則輕聲唱著，然後靜靜地微笑告訴我：

「千代呀，因為有妳的指導，我才能這麼快就學會啊！」

她總是「千代、千代」地呼喚我，就像真正的伯母般呵護、照顧著我，令我也由衷地稱呼她為伯母，就連旅館的服務生也三番兩次地對我們說：

「哎呀，妳們的感情真是和睦，令人好羨慕啊！」

◇ ◇ ◇

我們住宿的房間正位於中庭，入夜之後，從房裡就能看見各個房間的燈火，以及中庭裡的花草樹木，就連樹梢上的皎潔月亮也能盡收眼底——打開房間的窗戶時，偶爾在庭院清掃的男丁們會低頭避開走過，但是僅有一位男丁像是懷有企圖似的，總是窺伺著房間裡。儘管他刻意不讓我瞧見他的模樣，但我總覺得在哪兒見過他。

「的確在哪兒見過他啊！」

我努力地思索著，突然憶起，於是對著她低聲說：

「伯母，剛才經過我們房間前的那些男丁，妳注意到了嗎？其中有一位，長得真像在渡船口與妳談話的親戚呢！」

儘管嘴裡說著，長得真像，但其實根本是一模一樣啊！而且說著說著，我也突然想起已經遺忘了許久，也就是那天看見另一個自己的景象。

「是嗎，與那個親戚這麼的相像嗎？」

她輕聲地說道，然後露出詭異的笑容。

雖然是單調的溫泉度假生活，但時光卻是飛逝而過啊，轉眼間，我們已經在溫泉區度過將近兩個禮拜的時間了。明天，終於要回家了。到了傍晚她對我說：

「若是明天才去買禮品的話，恐怕會慌慌張張的，不如趁今晚的空閒就去選購吧！我也很想陪妳一起去，但是有些頭痛，妳不妨約旅館的服務生一起去買些什麼吧，購買禮物的錢，就請店家算在住宿費裡吧！」

「那麼，我就恭敬不如從命了。」

我隨即答應，然後稍微整理了儀容後，便告知旅館的服務生希望陪同一起外出購物，服務生告訴我，儘管是溫泉區，若穿著浴衣外出是無所謂，但年輕女子還是應該注意儀容，所以最好還是將來訪時的衣服穿上。穿戴整齊，我向伯母告知後即走出房間。但是，離開旅館走著走著，穿過了兩條街後，才發現自己忘了為她買些謝禮。

（真是的，我也應該買些禮物答謝伯母，老是想著自己，竟忘了為她準備禮物啊！）

我對著自己說，同時也因為自己的疏忽而不知不覺地感到汗顏，我請求旅館的服務生在大廳等我，然後準備回房間取錢包。但心想若是從玄關穿過走廊，恐怕要耗費更多的時間，於是就直接從庭院走向了房間。但是，原本打開窗戶的房間，不知何時已經關上了窗戶，也熄滅了燈火，從屋裡透出微微的亮光。我停住了急切的腳步，愕然地佇立望著眼前的一切。伯母的確在房間裡，但是再仔細一看，彷彿還有另一個人影，我似乎對那個人影感到無比的熟悉，所以再也顧不得自己的失態，靜悄悄地貼近窗戶的隙縫往裡面窺伺。那個熟悉的人影背著雪白的微光與伯母靜靜地對坐著。就在我思索著那個人是誰時，突然……不禁叫出了聲音。

我眼前的那個人影不是別人啊，難道會是我自己嗎？——那個背著微光靜默地坐著的女人，不論是容貌，甚至是身上所穿著的島原花紋的絞縮緬和服，還有那讓雙手看起來更嫩白細緻的繪羽花紋的長大衣，以及腰帶所繫上的蝴蝶結都一模一樣啊！感覺上，伯母就好像在對著真正的我說話似的。我的後背流下了冷汗，令我不住地打顫，感覺後面似乎有雙大手對我襲擊而來，然後我彷彿被推入又深又暗的深淵裡。

自從那個事件之後，已經過了近一年的時間，我依舊靠著教導學生度過日復一日的生活。而那個待我猶如摯親的伯母，以及宛如我化身的千代小姐，如今又身在何處呢？現在回想起來，原來與千代小姐在百貨店相會時——當時她們就已經知道我所有的一切了——後來我才聽說，那個女孩果然長得與我非常相似，她的同伴故意把她打扮得與我一模一樣，然後趁我失神之際悄悄地將那枚昂貴的戒指放進了我的袖子裡，希望我在回家後會被滾落而下的戒指嚇著。沒想到她們竟是如此地處心積慮啊！而後又把我當作自己的傀儡，由伯母帶著來到港口，以引開政府單位的注意，趁機進行更大的計畫。為了讓政府單位誤以為是伯母和千代小姐，所以才會故意將我們打扮成相同的模樣。為此政府官員還特地追趕到遙遠的溫泉區，以便監視我們的一舉一動。而這也是她們所預期的結果，為了脫罪，所以故意安排我和千代小姐同時出現在溫泉區裡，讓監視我們的官員產生錯覺。

但沒想到竟會出現那樣的意外啊，由於我返回房間，終於讓人瞧見我們同時在場的模樣了，於是整齣戲出現了破綻。她們費盡心思引開了我，並讓我穿上那件華麗的和服，結果卻敗在我那劃破寂靜黑夜的尖叫聲，於是一切都結束了。始終監視著我們的官員，也就是假扮成庭院中清掃男丁的警察，也不禁就如那首戲曲般說道：

……真的嗎，這個也是阿惠，那個也是阿惠，這究竟是怎麼回事啊！

而後我時常拿起三味線，獨自唱著那首常磐津〈兩面月姿繪〉。

……奈良坂上的小百合、姬百合朵朵盛開。

唱著唱著就想起——如果我是那小百合，多麼想再見見那朵姬百合啊，那另一個我，也就是千代小姐現在又在做些什麼呢？瞬間，彈奏著琴弦的手隨即停住了，徒留無限的悵然。

1 常磐津為一種三味線音樂。

2 淨琉璃是由三味線伴奏，搭配太夫（花魁）說唱的樂曲、劇場音樂。

3 三之宮是位於日本兵庫縣神戶市中央區的一個區域。

4 蘆屋是位於日本兵庫縣東南部的城市，位處西宮市與神戶市之間。

陳情書

陳情書

一九三四年七月

發表於《ぷろふいる》

西尾正

明治四十年（一九〇七年）出生於東京，就讀慶應大學經濟學部時即熱衷戲劇表演，經常擔綱演出，同時也開始小說創作。因於昭和九年（一九三四年）七月出版之《專業偵探》雜誌中，刊登〈陳情書〉一文成為新人作家。此作品後來雖然被禁止出版，但之後又於同年十一月在《新青年》發表〈骸骨〉，在《專業偵探》栽培的新人作家中，他可說是在其他雜誌發表最多短篇的人。代表作品有〈青色烏鴉〉、〈海蛇〉、〈月下亡靈〉等。他在戰爭期間任職於保險公司，戰後在鎌倉治療肺結核時，亦於偵探雜誌發表短篇作品，昭和二十四年（一九四九年）去世。昭和二十七年（一九五二年）在《黃色的房間》雜誌發表其遺作〈海邊陽炎〉。由於他熱愛愛倫坡的作品，在不到三十篇的短篇作品中，大多是怪奇小說。

西尾正在發表小說之前，曾以三田正之名在《專業偵探》雜誌中發表評論，經常被刊登在讀者欄。除了〈土藏〉之類的怪奇小說外，還著有〈球棒殺人事件〉、〈白線中的丑角〉等以球棒為主題的本格短篇小說。

There are more things in heaven and earth, Horatous, that are dreamt of in your philosophy. (Shakspeare, Hamlet)

哈姆雷特「在這天地之間還有所謂哲學想像不到的大事……」

——莎士比亞

M警視總監閣下：

我倆素不相識，但我卻突然寄發這樣一封無禮的信件給您，實在非常抱歉。對於一般人所說的投書已經免疫的您，或許不會覺得特別奇怪或好奇，甚至可能連看都不願意多看一眼吧！但我寫這封信既不是要舉發他人犯罪，也不是對閣下執政有所不滿，而是因為我殺了一個女人。話雖如此，但我對這件事仍然充滿疑問，不過我對承認自己犯下的錯誤毫不猶豫，我不但將這個事實告訴我身邊所有的人，還向警察機關自首，但他們卻不當一回事。無論您的部下、閣下您或是我國的調查單位，竟然能夠接受一個殺人犯逍遙法外而不接受制裁。我之所以寫這封信給您，就是希望能夠將我身為殺人犯卻不能接受制裁的苦悶心情告訴您，並希望能夠因此而接受制裁，一個受過教育知書達禮的人在犯罪之後，卻無法接受制裁是何許痛苦的事啊！這種內心的苦悶大概只有當事人才能了解吧！讓我無法忍受的是世人視我為發狂之人，如果我必須無止境地忍耐這樣的痛苦，總有一天我會選擇自我了斷。我為什麼會殺害妻子房枝呢？在說明殺人理由之前，我必須先向您說明，我是因為什麼原因開始對內人的行為產生懷疑，（您聽完我的話之後，或許會反駁我說：「你老婆是被燒死的！」但我就是想糾正這樣錯誤的觀念，才必須請您和我一起思考這個詭異的問題，所以麻煩您耐著性子看完我的信吧！）那是發生在去年二月的事了，至於是哪一天，我已經不記得了。不過應該是在月初，我將稿件賣給M雜誌社，收到許多稿費的晚上。我現在雖然住在高圓寺[1]五丁目，不過當時是住在高圓寺一丁目月租十六塊錢的破房子，內人房枝和兩歲的兒子阿守陪著我以寫作維生。我原本出生於富豪之家，即使只是付學費寄放學籍，每個月只上一個小時課的學生，父親還是按月給我生活費，但在我畢業後的隔天，早就看不慣我鎮日無所事事的父親，突然拒絕再給我生活費，就算我百般不願，也只能自謀生活。不知道是幸或是不幸，在中學時期閱讀的大量淫穢文學，竟然成了我謀生的工具，我靠著書寫《玉之井繁蒼記》、《放蕩女的悲哀》等低級的色情讀物餬口度日至今，同時還接受某出版社的委託，書寫所謂的好色本，以滿足讀者的需求。

在這樣三餐不繼的生活中掙扎，我卻還是一有錢就喝酒、玩女人，如果男人也適用「病態淫亂症」這個字眼的話，當時的我大概就是這種病的重症患者吧！最後更因為結了婚有了孩子，妻子以外的女人幻影無時無刻不刺激我淫亂的心，最後我終於失去理智。在二月某個寒風刺骨的夜裡，我在七點左右拿著錢離開家，當時我每天晚上幾乎都流連於淺草夜市，在都酒吧喝了三瓶酒之後，馬上就跑到玉木座看表演，我偷偷混進有女人陪坐的區域，一邊聞著身邊女人的體味，一邊看著猥褻的表演，大約一個小時之後，突然覺得光看不做的自己太愚蠢了，應該立刻找人共度春宵，於是立刻離開那個地方。但由於時間還早，我就先到雷門的牛屋，邊吃火鍋邊喝酒，心裡盤算應該到哪裡找女人，等到喝得七八分醉意之後，（話是這麼說，但不管我怎麼喝，從來沒喝醉過，頂多只是有點頭昏眼花，大概就是所謂的輕度意識不清，無法回想事情罷了。所以我經常記不得喝醉時發生的事情。）我愈來愈覺得興致勃勃，但因為還沒決定要去哪裡，在牛屋也坐不住了，只好邊往鬧區走，邊在心裡盤算接下來的去處。我瞄了一眼池之端派出所，發現時間飛快，已經十一點半了，大部分商店已經關燈結束營業，路上的人煙也突然稀少了，偶爾有人走過，也都是一些身穿外套、長相猥瑣的人，只有一輪明月高高掛在天空。我腳步踉蹌地走到妓女戶聚集的千束町，就在快到陰暗的十字路口時，突然聽到有個沙啞的聲音在膽小的我身後叫道：「大爺！喂！大爺！」我根本不需要轉身，因為這個躲在電線桿旁，年約五十歲、頭戴鴨舌帽的男子，好像立刻要帶我去哪裡似地跑到我身邊和我並肩走著，根據以往經驗，我馬上就察覺這個男人要不是賣春畫的，就是皮條客。男人的眼光異常銳利，不放過任何一張臉上好色的表情，他馬上對我說：「大爺！十七、八歲剛入行的姑娘怎麼樣啊？」他果然是皮條客！我雖然心存疑慮，但是也抱著些許的希望，能夠找到他口中所說的好貨色。我雖然經驗豐富仍不免被騙，甚至還曾經遇過三十多歲的醜女人，全是皺紋的臉上，白粉塗得跟牆壁一樣厚，乾澀的頭髮綁了辮子，假裝是十七、八歲的小姑娘，搞得我興致全消，只好草草了事。因此，好一陣子我不再出門尋花問柳。不過那天晚上，十七、八歲的小姑娘這個字眼，卻有如魔音傳腦似地勾起我的淫慾之心，「十七、八歲的小姑娘呀？不賴喔！不過你們說的話沒有一句是真的！」對於這個平凡的誘惑，我如此地答道。男人聞言嚇得結巴直說：「沒、沒、沒這回事！大爺！是真的！她是百貨公司的店員！很漂亮！服務絕對是百分之百！」他邊推銷邊笑著說。我問他如果是百貨公司的店員，早上不是得很早離開嗎？他邊搓手邊回答：「是啊！這個就要請您多多包涵了，因為她還得上班！」我也笑著挖苦他說：「這小姑娘還真忙啊！」男人摸著頭告訴我說：「因為她家境不好，母親生病，如果不這麼做，日子會過不下去。」我愈來愈感興趣地問他：「這小姑娘該不會是您的女兒吧！」男人突然緊張地說：「不會的，沒這回事！」我突然覺得有些悲哀，但還是對他說這是開玩笑的。就這樣我們邊走邊聊，不知不覺已經來到花街柳巷的側門，我停下腳步，決定接受這男人的建議，男人一聽我願意賞光，雀躍不已。他揮手叫了一輛點著微弱燈光的陰森車子。唉！警視大人啊！我就是在當天晚上接受了這個陌生男子的邀約，在他招待我前往妓女戶的時候，遭遇了一件不可思議的事，才會開始懷疑我妻子的貞操，最後甚至引發將她殺害的可怕下場。

男子雖然交代了司機去處，但因為他說得很小聲，我根本沒聽見。我問他距離遠嗎？他回答：「不，就在前面！」汽車行駛在十二點過後的黑暗街道上，在千束町的電車車站左轉之後，在合羽橋、菊屋橋離開御徒町之後往三筋町駛去。妓女戶附近還有不少供人吃喝的攤販，狹窄的巷弄裡不斷傳來賣笑女子與恩客依依不捨的鶯聲燕語，到處都是三三兩兩的醉漢與嫖客，想要知道時間還必須看看手錶才行。一旦離開這個區域進入貧窮的商店街之後，就可以深刻感覺夜已深了。皎潔的月光照著瀝青上的露水，閃閃發光，汽車在經過三筋町的車站之後，又走了好一會兒，一路上沉默不語的男人，終於在這時候低聲地叫道：「司機！停車！」我希望您派人去調查那個地方，所以努力地描寫正確的地理位置，但因為當時我有些微醺，而且只要一喝醉就什麼也記不得了，再加上極度缺乏時間與地理位置的觀念，所以實在無法提供您正確的訊息。男人帶著我沿著面向電車路線的舊書店和水果攤之間的小巷子，走進一家位於巷底的兩層樓建築，屋子裡有兩坪大左右的空地，設置有共同的用水管線，我清楚聽見從管線中露出的水滴落在石板上的聲音，雖然不是記得很清楚，但這棟房子在窮困的小巷子裡，顯得十分特殊。男人將臉貼近玻璃窗口，輕聲打了聲招呼，屋裡傳來年約四十歲左右的女人聲音，門廊上已經熄滅的燈突然亮起，幽暗的燈光照著我們兩人。在此同時，屋裡好像有人下樓似地，樓梯開始嘎嘎作響。男人要我稍候，就留我在屋外，偷偷打開房門進去。這時候，二樓傳來有人打開雨窗的聲音，我忍不住往上看，在面對隔壁房屋側面的小窗，突然出現一張綁著髮髻的蒼白臉孔，女人伸著柔軟的手，拉著雨窗，看著我，對我拋媚眼。警視大人，那個女人長得還真不錯！我當下就知道這個小姑娘就是今晚陪伴我的女人，因為她長得比我想像的更具姿色，所以讓我心癢難耐。不久之後，男人便打開門要我進去，男人在玄關的水泥地上放了一塊坐墊要我坐下，就是不讓我進到屋裡去，他對我說：「真的很抱歉！麻煩您再多等一下。」我無可奈何只好在他擺上坐墊的地方坐下，看他要我怎麼做。這種地方對客人的警戒心特別高，我大概也不用多做說明。在我坐的位置右邊，差不多眼睛的高度左右，有一扇小窗子，留有三、四公分的空隙，窗縫中有燈光流洩出來，我心想那應該是客廳了！仔細一聽彷彿可以聽見鐵水壺沸騰的聲音，客廳裡似乎坐了三、四個人，偶爾會有偌大的人影映照在窗戶上，應是帶我來此的那個男人和這裡的老鴇吧！我是這麼想啦！兩人針對介紹費窸窸窣窣地談了好一會兒，他們說著行話似乎還產生了爭執，從他們的聲音愈來愈大來看，雙方似乎無法達成協議，偶爾還可以聽見老鴇生氣地敲菸管聲。我對客廳裡的情況十分好奇，於是站在窗戶旁，由縫隙往裡面一看，隱約看見客廳裡的情形，正如我所想的，坐在窗戶縫隙正面的長火盆旁，是個四十多歲滿身贅肉、梳著圓髮髻的老鴇，她邊撥弄著菸管邊悠哉地抽著菸，坐在她右邊的是一個男人，我雖然沒親眼看見他，不過從老鴇的視線推斷，我想應該有這麼一號人物，老鴇正對著他高談闊論說個不停。老鴇的隔壁也就是我的左邊，似乎還坐了一個女人，她好像正在吃花生，偶爾還傳來剝殼的聲音。她似乎對老鴇說的話深表同感，低賤地嘲笑帶我來的那個男人，原本我是因為好奇才會想偷看客廳裡的情形，但是……警視大人啊！接下來我聽到的話卻讓我嚇得不知所措，老鴇歇斯底里地挑了挑眉毛，對著低著頭的男人說：「趁著大家還不知道！哦！是嗎？就算我們是女人，也還輪不到讓你來占便宜，妳說是不是啊?阿房!」

這句話一般人聽來或許不覺得有什麼特殊之處,破落妓女戶的老鴇和皮條客大聲喧嘩吵鬧,確實也沒什麼好奇怪的,因為我也是身經百戰的老將,所以對這樣的情形司空見慣,聽到這些話並不會有什麼不安,但我之所以覺得奇怪,是因為老鴇說的最後那一句「妳說是不是啊?阿房!」她明顯的是在徵求在場另一名女人的同意,阿房?房枝?阿房?這也難怪我會聯想起內人的名字,您或許會說這不過是同名罷了!而且這麼普通的名字光是東京就不知道有幾百人,但當時我會覺得奇怪也不是沒有原因,或許應該說是一種心血來潮吧!平常我或許會選擇不予理會,但當時不知道為什麼就覺得好奇,想要看看那女人的真面目,我悄悄站起身來,偷偷挪了挪位置,因為這麼一來就可以看到那女人的側面了,女人將一頭黑髮挽成圓髻,身穿樸素的錦紗,看樣子應該像是從良的藝妓,她鼻子上俏皮地掛著淡褐色的太陽眼鏡,坐在長火盆旁吃著花生,因為褲管往上捲起而露出的大腿膚色異常白皙,我看到她的側臉時嚇了一跳,因為眼前的這個女人除了身上的衣服不一樣之外,簡直就是女侍時代的房枝。警視大人!請您聽我說,我竟然在這個該死的妓女戶看見自己的妻子,這絕對不是錯覺,也絕對不是妄想,更何況,我沒有必要捏造這樣的事實，但下一刻我突然覺得這一切都太荒謬了！今天晚上不知道究竟是怎麼回事？我就這樣否定自己眼前看到的事實，因為現在的房枝根本不可能打扮得和眼前這個女人一樣美麗。雖然當她還是女侍和我同居時，我們經濟上比較寬裕，當時的她全身充滿了女性魅力，但後來由於捉襟見肘的生活，使她完全失去了年輕女人的魅力，無法吸引我的注意，更重要的是當時她雖然從事的是世人不屑的咖啡店女侍工作，卻非常潔身自愛，這樣的房枝怎麼可能出現在妓女戶呢？這個時候的她對於夜不歸營的丈夫，應該連抱怨都懶得抱怨，正忙著打掃家裡和照顧孩子吧！我兒子阿守天生體質虛弱，三天兩頭不是腸炎就是感冒，照顧很費事，更何況房枝還兼做刺繡，應該早就累得呼呼大睡了。我對自己莫名其妙的想像力感到好笑，急忙放鬆不知不覺中緊握的雙手，「呼！」地嘆了口氣。不久之後，客廳裡的談判似乎告一段落，四周忽然安靜無聲。事情究竟進行得怎麼樣？我站起身打算問個究竟，眼鏡卻跟著起霧，我拿下眼鏡用袖口開始擦拭鏡片，就在此時再度因為一件莫名其妙的雷同事件，嚇得坐下來，那是因為我突然想起客廳裡阿房臉上帶的那副淡褐色的金邊太陽眼鏡。我在學生時代因為染上新派演員和浪蕩子的惡習，好一段時間整天都戴著和她一模一樣的淡褐色金邊眼鏡，最近因為鏡框壞了，所以就把它丟棄在衣櫥的抽屜裡，等著讓房枝送修，我忍不住再度湊到窗縫邊看個究竟，客廳裡的阿房停止吃花生，拿著牙籤掏牙，風情萬種地抽著不知道是敷島還是朝日香菸，就在她改變坐姿的那一剎那，我終於看見她的長相。天啊！警視閣下！這麼說或許有點囉唆！這個被稱作阿房的女人長得真的和在咖啡廳當女侍時的房枝一模一樣，而且更讓我納悶的是我觀察了她好一會兒，發現她不斷地撥弄眼鏡鏡框，這個動作無疑證明了眼鏡鏡框有問題，而我的眼鏡鏡框也是快斷了，您或許會嘲笑說我胡思亂想，所以就算我怎麼解釋內心的激動也沒用吧！就在我完全忘記此行的目的，沉溺在這種種不可思議的雷同事件時，皮條客走出來，我隱約聽見他對我說要我上樓。我內心原本已經否決疑慮再度因為那副一模一樣的眼鏡而出現，如果她真的是內人的話，為什麼會三更半夜出現在妓女戶呢？警視閣下啊！我的悲劇就這樣揭開了序幕，枯黃乾瘦的醜巴怪竟然搖身一變成為如此妖豔的女人？向來潔身自愛的家庭主婦竟然會瞞著丈夫外出賣淫？這世界上還有比這些更令人匪夷所思的事嗎？我為了確定自己沒有發瘋，一步步跟著皮條客往二樓去……

即將陪我共度春宵的女人比我想像的更具姿色，但我卻毫無心情享樂，一心一意只想著樓下那個可疑的女人，至於我和年輕女子間發生的事不是我寫此信的主要目的，您站在精神醫學的角度或許希望我能夠針對床笫之事多做說明，但我希望這部分能夠由我親自向您說明，年輕女子雖然主動示愛，不過我也只是草草了事作罷。年輕女人的房間大約有四個榻榻米大，枕邊放了盞桃色燈罩的檯燈，略顯髒污的牆壁上貼了一些男女調情的詩句，我一邊若無其事看著牆上貼的紙條，一邊問年輕女子：「樓下那個戴著眼鏡、梳著圓髻的女人也接客嗎？」

年輕女子回答：「那個戴著眼鏡的阿房已經有情人了，她正在等他來呢！」

我又問：「對方也是這裡的常客嗎？」

女子說：「是啊！他們倆正打得火熱呢！別的客人她根本不接呢！你該不會對她一見鍾情吧！」

我裝蒜地回道：「沒這回事！愛上別人的情婦有什麼用？隨口問問罷了！」

年輕女子狐疑地問：「你為什麼想問呢？」

我若無其事地追問：「妳不是說她叫阿房嗎？我認識一個和她同名而且長相神似的女人，對方也是梳著圓髻，她是不是已經嫁人了？丈夫是做什麼的呢？」

年輕女子對我不斷追問似乎起了疑心，不過她生性多言，接著告訴我：「是啊！沒錯！您說對了！聽說她丈夫是個浪蕩子，好像是個寫小說的，文人真是沒用！還喜歡到處拈花惹草！如果您是文人的話，就要請您多包涵了。」我的疑慮到此完全被證實了，我心裡雖然大吃一驚，但表面上還是強裝鎮靜，接著我有意無意地問：「能夠擁有如此貌美如花的女人，這個男人也未免太幸運了，妳知不知道他是誰？」年輕女子說上癮了，迫不及待地答道：「對方也是個美男子，根本和女人沒兩樣，您在淺草的壽劇場看過戲嗎？他就是其中的主角，現在一定也正在共度良宵，他們感情好得讓人嫉妒呢！」最後為了證明自己的疑慮，我深深吸了口氣問道：「阿房住在哪裡？該不會是高圓寺吧！」對方淡淡地回答：「咦？真的是高圓寺啊！一定是同一個人，聽說她還有一個兒子，因為她丈夫也是一天到晚四處閒晃，所以阿房也就隨心所欲為所欲為了。」酒醒之後，我的心臟根本無法承受刺激，聽到年輕女人說阿房有個兒子時，我的心簡直快從嘴裡跳出來，我之所以如此震撼，與其說是因為發現內人紅杏出牆的事實，倒不如說是因為想起自己幻想妻子躺在家中呼呼大睡時，突然在另一個地方發現另一個妻子的神祕雙重人影現象。您在看到我提及雙重人影現象時，一定會忍不住放聲大笑吧！但……警視閣下啊！這可是古今中外屢見不鮮的事實，舉證的都是一些著名的教授和學者，可不是泛泛之輩，諷刺的是他們都是具備高深科學智慧的學者，至於詳情您只要閱讀德國 WERNER 博士所著的《Die Reflexion über dem Geheimnis》和《Die Untersuchung für die Geistes Welt》兩書便可明白。您想必是坐在府上的暖爐旁，邊嘲笑邊閱讀在下的陳情書吧！這樣的您如果想像還有一個自己正在新橋的某家酒館和藝妓把酒言歡的話，大概也不會覺得舒服吧！雖然沒有人願意相信我的說法，但是阿房和房枝的事又該做何解釋呢？我在和年輕女子溫存的同時，心裡納悶著她們只是同名而已嗎？還是房枝耍的小把戲呢？也或者就是我說的雙重人影現象呢？我一股腦只想把事情搞清楚，而且據年輕女子所言，阿房正和情夫難分難捨你儂我儂，趁著天亮前趕回高圓寺的家中一探究竟是查明事實最快的方法，我下定決心之後，也不管年輕女子說什麼便起身更衣。但……警視閣下！我實在太倒楣了！當我走到樓梯口時，十五歲曾犯過一次的癲癇再次發作，我口吐白沫地摔下樓去，陷入昏迷，最後還是沒能確定我心中的疑惑。

警視閣下啊！就因為這件奇怪的事，我終於在十天後殺了內人房枝。接著，我試圖依循自己錯綜複雜的印象，仔細描繪當時的狀況，希望您能夠依此做出正確的判斷。

從那之後，無論妻子有事外出，或是日常生活的一舉一動，我都鉅細靡遺地觀察，絲毫不敢遺漏，我當然也確認過妻子所戴的眼鏡，但不知道該怎麼說，那副眼鏡還是好好地放在舊衣櫥的抽屜裡。我問內人當天晚上她上哪兒去了，她平淡無奇地回答我說，她並沒有在三更半夜外出，在縫製完鄰人拿來的衣物後就一覺睡到天亮。如果房枝就是當天晚上我所看到的阿房，她應該親眼目睹我癲癇發作，照理說不可能這麼平靜地回答我的問題，而且看到房枝因為忙於家事而乾燥發皺的雙手，更讓我懷疑自己是不是看錯人了，因為這麼醜陋的一雙手，怎麼可能變成阿房那細白柔嫩的一雙手呢？大人！您或許會怪我，為什麼不把當天的事告訴內人，然後聽聽她的說法，以解除心中的疑慮。但是無論如何我都無法解除心中執著的猜疑之心，所以希望能夠趁著房枝不注意，掌握決定性的證據加以制裁所致。

根據我的觀察，房枝的生活並沒有任何異樣，所以我決定採取第二階段的行動。根據當天年輕女子所言，我決定在劇場結束表演前的三十分鐘，藏身在淺草壽劇場的後臺，因為我想內人可能偶爾也會出現在這個地方，我藏身在此或許可以當場抓住這對姦夫淫婦。那個月的壽劇場正好由 CREATER DANDY FOLLIES 劇團公演，吸引了不少客人前來參觀，懸掛在劇場正面的 CREATER DANDY FOLLIES 的霓紅招牌，彷彿在向眾人宣布他們在淺草受歡迎的程度。我不知道年輕女子為什麼會說房枝的情夫是個男扮女裝的旦角，這是因為 CREATER 這個劇團，主要是以光彩奪目的表演為主，鮮少演出戲劇節目，劇團中多的是俊美的男演員和專門搞笑的丑角，團中聚集了許多一流的歌手和舞者，根本不需要像男扮女裝的小旦角色，我心想這一定是那天那個年輕女子說錯了。於是便在眾多的男演員當中，找出最有可能是房枝情夫的美男子，那就是爵士歌手三村千代三，這是因為他看起來最為瘦小，而且穿著最有女人味。您也知道壽劇場的櫃檯面對著隔壁曙館的陰暗矮牆，斜對面則是三好野，有時我蹲在曙館的矮牆外，假裝是喝醉酒的人，有時則在後臺對面的三好野，有一口沒一口地喝著紅豆湯，目不轉睛監視進出後臺的女人，就這樣折騰了三天，終於在最後一天晚上，也就是二月底一個溫暖無風的早春夜裡，發現內人房枝也就是阿房，出現在後臺門口。

當天晚上天氣異常暖和，這樣溫熱的天氣不要說是外套了，讓人連身上穿的毛質襯衫都想脫掉。淺草的鬧區裡一點風也沒有，就算一動也不動也會滿身大汗，但因為不知道天氣會不會突然轉涼，我也不敢隨便脫下外套，只能擠在比平日還擁擠的人群中，邊嘆著氣邊緩慢地走著。房枝從雷門偷偷摸摸地經過曙館前面，巧妙地避免和旁人發生衝撞，她落落大方的態度，在在都證明她不是第一次到後臺來。她看了看四周，熱絡地與後臺管理員打了聲招呼就走進屋裡，這個原本憔悴狼狽的家庭主婦，搖身一變成了妖艷美麗的歡場女子，那個出現在微弱的後臺燈光下，臉色白皙的女人，真的是我家的黃臉婆嗎？雖然這是我早就猜到的事，但當自己實際面臨這樣的狀況時，還是忍不住憤怒，我愈是想壓抑內心的憎恨和忌妒，就愈忍不住想要好好地修理她，但我也只能拚命按捺自己的情緒。我藏身在曙館的矮牆外，等待妻子和她的情夫出現，我拚命壓抑自己焦急的心情，整個人卻不住地開始全身發熱，男用和服外套的袖子，也激動得像蝴蝶般顫抖。可是……大人啊！二十分鐘後出現的姦夫，這個看似房枝情人的人竟然不是三村千代三，他確實皮膚白皙貌似女人，身高不到五尺三寸的矮小身材，穿著全黑的和服外套，脖子上圍著圍巾，頭戴灰色軟帽，外表看來就像是老派的男扮女裝丑角，卻不是三村千代三。他全身散發出陰森有如幽靈般的迷人魅力，和活潑開朗的美男子千代三完全不同。由於當時正值劇場散場，我差點跟丟他們，卻也因為散場時的眾多人潮，有利於我的跟蹤行動，我或跑或駐足，好不容易才跟住這一對遮遮掩掩的姦夫淫婦。他們從曙館萬歲劇場前，走過壽司屋小巷，一直來到田園町的電車車站之後，立刻坐上正在招攬客人的汽車。因為我已經決定，無論他們走到哪裡，我就要跟到哪裡，所以隨後也坐上汽車，要司機跟緊前面的車子。他們搭乘的汽車飛快地經過菊屋橋，爬上車坂在上野廣小路右轉之後，往本鄉方向前去，我心想原來他們是要到湯島神社[2]，大概是因為他們沒有告訴司機去處，所以司機緊急煞車，在湯島神社的石階下停了車，於是我也要我的司機在對面車道停車。我從車上偷看兩人的身影，發現他們趁著四下無人，牽著手緩緩走向石梯，但神社裡並沒有酒館或餐廳，或許是想趁著天氣暖和散散步吧！我急忙下車跟在兩人後面跑上石梯。

我必須向您坦白，我在尾隨兩人的期間，心中突然產生一種莫名其妙的快感，或許是因為掌握了他人的弱點，試圖要將兩人逼上絕路，尤其能夠親自抓到自己的老婆，盛裝打扮和男人幽會的場面，才會產生這種淫虐式的心情吧！內人和這個身分不明的男子，在毫無人煙的廟堂旁坐下，她不知道我就躲在他們身後的樹叢裡，兩人雙手緊握，肩靠著肩，一動也不動，或許是因為地勢較高的關係，兩人兀立在夜空下，十一點過後的街道沉浸在一片睡意中，看樣子他們很習慣這樣的氣氛了，沉默了好長一段時間。大人啊！沒想到他們發出的第一個聲音竟然是哭泣聲。

一直保持沉默的兩人竟然開始啜泣。

對我這個一直以為是在跟蹤外遇妻子的丈夫來說，眼前的情景實在讓我有些意外。我屏氣凝神一直看著他們，男人停止哭泣，邊抽咽邊輕拍妻子的背，安慰她說不要再哭了，他看著妻子低聲說：「哭也沒用，我們還是一起去死好了！」房枝自怨自艾地說：「不！我不要死！不要死！我們只要一起逃走，就不用尋死了！」男人沒有說話，再度沉默。房枝邊哭邊勸男人說：「我也可以當個演員，就這樣好不好？我們一起躲到沒有人找得到的地方！」兩人不再說話，大概是因為痛苦難耐，接著又開始哭泣，他們邊哭邊說，感覺上像在演戲似地，在發現其實他們沉浸在自己營造的悲傷情緒中，有點類似角色扮演的情況之後，我反而清醒許多。「可惡！」我不由得喃喃自語。可惡！開什麼玩笑！兩人相視流淚不正是他們親密關係的表現嗎？我已經不記得他們又對彼此說了什麼甜言蜜語，我只記得自己火冒三丈手持棍棒衝到兩人面前。

閣下您或許會怪我貿然認定這個女人就是自己的妻子，而且邋遢狼狽的房枝，要從哪裡找來這樣華麗的衣裳？同時還要將糾結成團的亂髮梳成整齊的髮髻，趁著我不在家偷偷出門和情夫幽會呢？這根本是不可能的事。但對我來說，與其在真假難辨中猶豫不決，倒不如認定這個人就是房枝要來得輕鬆些。兩人被突然現身的我嚇得往後退，我難耐心中的憤怒大叫房枝的名字，右手高舉棍棒朝著茫然不知所措的妻子打了過去，那個男人對著我破口大罵，一邊用手拚命反抗，而我的右手本能地反擊，趁他掩面後退時，我發現房枝企圖掙扎起身，於是又衝向她，朝她身上亂棍打去，當時的我真的是打紅了眼，右手打累了換左手打，一直打到棍棒斷成好幾節，不打昏她誓不罷休。原本還在抽動的房枝，不久之後就力氣用盡一動也不動了，之後我才悠哉悠哉地撿起掉落在地上的帽子，整理身上被弄亂的衣服，還喃喃自語地說：「這樣就行了！嗯！這樣就行了！」

謹慎地走下石階，若無其事地準備攔計程車離開。

「這天氣還真奇怪，您說是不是啊！大爺！果然還是起風了。」司機的聲音驚醒正在打瞌睡的我，我看看窗外，發現車子正駛經郊外新開發的地區，看板林立的商店街旗幟正迎風飄揚。車子才剛啟動我就覺得疲勞不堪，頭痛欲裂噁心想吐，根本無法睜開眼睛，就那樣倒臥在座位上打起瞌睡。警視大人啊！我身體的變化其實就是老毛病痙攣即將發作的前兆。「嗯！好像是！」我含糊不清地回答司機後，又開始打起盹兒來，司機一邊提醒我說：「天氣變冷了！小心感冒呀！大爺！」之後我不記得他還說了些什麼，再度在車子的搖晃中睡著。不知道經過多久，只聽到司機大喊：「大爺！火災！火災呀！大爺！」嚇得我醒了過來，車子已經來到高圓寺附近的商店街，司機把車停在角落，我開口問道發生什麼事了？他說：「已經不能再往前走了！不好意思，要麻煩您在這裡下車。」我心想事情應該滿嚴重的，急忙下了車，一走出車外，迎面而來的竟是狂風和刺骨的寒冷，商店街的兩邊充滿身穿睡衣外披長袍的男男女女，一群人大喊：「起火了！起火了！在哪裡？快去看看！」隨後來了好幾輛高聲鳴警笛的消防車，我茫然地站在路邊，隨著眾人眺望的方向望去，只看見南方的天空烈火熊熊，我們站的地方雖然是上風處，不過因為強風火勢不斷往南邊燒，從地理位置來看，當時我租的房子可能已經被燒成灰燼了吧！我只記得眼前一閃而過看見孩子的臉，之後就什麼也記不得了，因為不一會兒我已經昏倒在路邊。

我雖然不記得時間，但是隔天醒來卻發現自己在A警察局裡，之後我被叫進偵查室，有個身穿黑色衣服的男人朝著神志不清的我，問了姓名和住址之後，便遺憾地對我說：「請節哀順變！昨天晚上您的夫人和孩子因為逃生不及，已經葬身火窟了。」看樣子，昨天晚上不省人事的我，在警察局待了一個晚上，我雖然非常感謝他們，但警察大概不知道我昨天晚上在湯島神社裡打老婆的事吧！房枝大概是被我打死了吧！可是他們為什麼說我的老婆和兒子都被燒死了呢？因為我覺得這件事實在可笑，不由得露出笑容反駁道：「這怎麼可能！我又沒有兩個老婆，你們一定是搞錯了！」對方狐疑地看了我好一會兒，我想他們大概是覺得我瘋了！

「你不傷心嗎？為了慎重起見，我再問你一次，你是住在高圓寺一丁目的小說家青地大六先生吧！」

「嗯！」

「你妻子和孩子的屍體在房東安排下，暫時放在三丁目的大塚外科醫院，你趕緊去為他們安排後事吧！」我覺得愈發地莫名其妙，於是便對警察說：「大人！我老婆不守婦道，昨天晚上被我發現和男人幽會，我已經親手殺了她，請您調查一下這個案子吧！」警察也覺得事有蹊蹺，便問我那是什麼時候的事，我算了算時間告訴他，差不多十一點多吧！警察想了想就同情苦笑地說：「唉！你在說什麼呀！昨天那場火災從十一點一直燒到十二點多都還沒辦法撲滅，我看你有問題了！你怎麼可能會有兩個長得一模一樣的老婆呢？你還是趕快回去料理後事吧！」之後，他就把我趕出警察局了。

那之後的事您大概已經知道了，當天的早報將這兩個案子分開處理，我為了作為證明特別將報導剪下，在此提供您參考。

高圓寺發生大火——昭和八年（一九三三年）二月二十三日晚間十一點左右，居住於高圓寺一丁目的小說家青地大六（三十歲）外出期間，租屋處發生火災，因為風勢猛烈，當時人在屋內的妻子青地房枝（二十九歲）和兒子守（二歲）慘遭燒死。懷抱幼兒窒息而死的房枝屍體，在火勢撲滅後被發現，青地大六本人在前往位於三丁目的大塚醫院確認屍體時，因為無法承受突如其來的噩耗，突然在屍體前大叫：「這個人不是房枝！

警方弄錯人了！」甚至還說他的妻子是個身穿華服的美人，然而他的妻子房枝被發現時，身上穿的是破爛不堪的棉衣。目前起火的原因正在調查中。

昨晚十一點左右，正在淺草壽劇場演出的CREATER DANDY FOLLIES劇團美女舞者島慶子（二十五歲），在湯島神社突然遭到惡漢攻擊，造成臉部和身體多處瘀傷，直到清晨才被神社茶屋老闆成田作藏發現緊急通知警方，當天晚上島慶子不知為何身穿全套男裝，案發現場留有髮簪和女用木屐，警方原以為這大概又是件因為感情糾葛而引發的案件，凶手應該是個女人，但從現場斷裂的木頭來看，凶手似乎是個男人，島慶子身上所受的傷應該是被棍棒毆打所致，受害者雖然已恢復意識，但對於此案除了表示另有一名女性在場之外，其他便三緘其口什麼也不願意多說。島慶子臉上除了不知所措和恐懼的表情之外，什麼也不願意多談，據聞島慶子向來喜歡做男裝打扮，對異性不感興趣，看樣子此案似乎隱藏了許多男女感情糾葛。

警視閣下啊！在您看完這兩篇剪報之後，是否發現任何不可思議的地方呢？也就是說，這個世界上竟然有兩個房枝同時存在，但這幾乎是不可能的事情，可能存在嗎？因為我怎麼想都覺得不可能啊！我開始逐一回想妻子過去的行為，最後我終於想到一件事，那是發生在被燒死的阿守一歲時的事。當時是梅雨季裡一個令人憂鬱的夜晚，我正和妻子討論家用的問題，睡在隔壁房間的阿守，可能是因為肚子餓吧！突然醒來哭著叫媽媽，我要妻子去餵奶，妻子點點頭起身，但就在她站起身的瞬間，隔壁的阿守卻突然停止哭泣，向來在沒有吃到奶之前絕對哭個不停的阿守，竟然會突然安靜下來，我好奇打開房門看他，結果竟然發現妻子已經背對著我躺臥在房間餵奶，也就是說我竟然在同一時間看到剛站起身來的妻子，和在隔壁房間的妻子。當我發現情況不對時，躺在阿守房間的房枝突然消失，阿守又再度大哭了起來，除了我之外，年幼的阿守也看見了另外一個母親，房枝似乎也發現了自己的分身，額頭上冒了幾顆冷汗，之後就急忙到阿守房間去餵奶，我以為這一切都是我的幻覺，之後就忘了這件事了。但我到現在還記得妻子當時蒼白的慌張神情。警視大人啊！房枝一定是罹患雙重人影這種不可思議的疾病（如果它能夠被稱為是疾病）的重症患者。唉！您大概又在嘲笑我了吧！說我這個小說家，竟然利用兩個新聞事件，創造出這樣似真似假的故事。但我是認真的！我甚至為此罹患了神經衰弱，如果您還要嘲笑如此可憐的我，這不僅是一種不道德的行為，同時也是一種侮辱，我只好向您提出決鬥的要求。

警視大人！您應該了解我為何要做此陳情了吧！無論是哪一個房枝，我犯了謀殺罪的事實依舊沒有改變，請您立刻準備傳喚我問案吧！與其被人當作瘋子，我寧願面對死刑，您如果進一步調查房枝的同性戀人舞者島慶子的話，或許就能夠找出整件事的癥結所在，她或許對自己的所作所為感到恐懼，或許是有什麼不可告人的祕密，在我停止毆打兩人轉身離開之後，一直到房枝的屍體消失這段時間，她究竟都做了些什麼呢？也或許房枝根本就還活著，只是藏身在某個地方也說不定，茶屋的老闆成田作藏也有可能根本就是她的同謀，那件事在經過半年之後已經無人聞問了，關於這點我必須追究您是否怠忽職守。嚴格來說，我提出的抗議究竟是胡說八道或是確有其事，連我自己也搞不清楚，我所能做的只是明白陳述我曾經做過的事，最後我要說的是，如果您始終認為我是個精神病患的話，那就麻煩您對我進行精神鑑定，我已經準備好要自首了。

警視大人！再見了！祝您事業順利！

東京市杉並區高圓寺五丁目　青地大六敬上

1 高圓寺是東京都杉並區的地名、地區名。地名源自本地曹洞宗的寺院「宿鳳山高圓寺」。

2 湯島神社，現稱湯島天滿宮，通稱湯島天神，是位在日本東京都文京區的神社，神紋是「加賀梅鉢紋」。

絶景万国博覧会

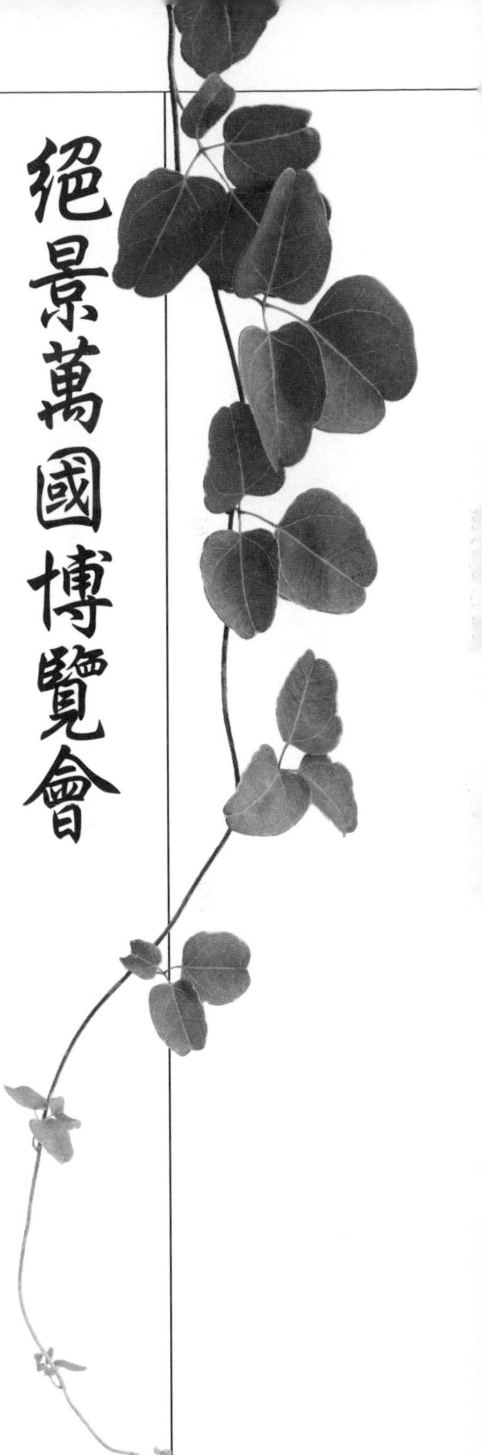

絕景萬國博覽會

一九三五年一月

發表於《ぷろふいる》

小栗虫太郎

明治三十四年（一九〇一年）出生於東京，本名榮次郎，自大正十一年（一九二二年）起做了四年的印刷生意，因生意不佳而轉戰小說寫作。昭和二年（一九二七年），以織田清七之名於《偵探趣味》發表〈某檢察官之遺書〉，昭和八年（一九三三年）因甲賀三郎推薦，於《新青年》發表以密室殺人為主題之〈完全犯罪〉，在文壇初試啼聲。隔年在同一雜誌連載《黑死館殺人事件》，因為描寫在不尋常的豪宅中發生的連續謀殺案，全篇充滿假道學，這部特殊的偵探小說，在當時引起不少話題。之後陸續發表犯罪心理小說〈白蟻〉、充滿異國風情的〈二十世紀鐵假面〉，以及〈有尾人〉、〈地軸兩萬哩〉等，這些作品在他死後被集結為《人外魔境》出版，充分顯露他創作海外祕境探險小說的企圖。昭和二十一年（一九四六年）第二次世界大戰結束後，小栗開始書寫以社會主義探險小說為主旨的長篇小說〈惡靈〉，但不幸於該年二月去世，所以僅在雜誌上發表了一回的連載作品。雖然他在文壇初試啼聲時《專業偵探》雜誌才剛創刊，但其中已經刊登了他的作品〈壽命帳〉，陸續又發表〈合車夢權殺妻〉、〈絕景萬國博覽會〉和〈源內燒六術和尚〉等異色短篇小說，之後還連載以祕密結社為故事背景，充滿緊張懸疑的長篇小說《青鷺》。

住在尾彥樓宿舍的三人與老藝妓裝飾兩個雛人形階梯

這是明治四十一年（一九〇八年）的事了，當時不如現在人聲鼎沸，就連入谷田圃都還留有好幾處的傾圮土堤，北邊的山腳下也還有幾棟以茅草為頂的農舍，四周圍繞枯竹的圍牆，其間到處可見水溝和堤壩。尤其是入谷田圃的不動堂，從延寶[1]年間之後就沒有整修過，所以即使站在講究風雅的尾彥樓宿舍往外看，彷彿可以聽見花剪的聲音，看樣子應該是園藝師父在修剪花木吧！

那天是三月三日，天氣異常寒冷，彷彿隨時會下雪一般，但就是這樣的天氣，更讓人懷念人的肌膚和體溫，更何況還有梳著結綿[2]與唐人髻[3]的四、五個少女，聚集在雪洞下方，手牽手圍著燒得火紅的櫻花炭取暖，頭上戴的玉簪和髮飾如星辰般閃閃發光，燦爛耀眼的美景有如夢中花朵。她們談論的即使不是戲子間的閒話，也應該是奢華的事物。但是每到黃昏，尾彥樓中就會出現膽小陰沉的東西，因為昨晚光子的加入，必須再多擺設一座雛人形[4]階梯。

尾彥樓的主人夫婦鮮少出現在宿舍，只有十五歲的獨生女光子、家庭教師工阪杉江，以及屋主的養母阿筆三個人住在這裡。阿筆雖然年近九十，但年輕時堪稱有如玉屋山三郎的火焰寶珠般美豔的太夫[5]藝妓，翻開萬延[6]年間的風俗場所介紹書，從她的本名濃紫，列名當時最高級的藝妓紅牌來看，便可知道這名聲絕非憑空而來。個性堅強的她為自己贖身之後，以存款購買了當時已經沒落的玉屋股票，搖身成為尾彥樓的老闆娘。所以就算屋主兼次郎夫婦和她多少有血緣關係，但是兩人如果沒有本事的話，精明的阿筆是不可能收養他們的。阿筆有個幾十年來不變的怪癖，讓人光聽都覺得背脊發涼。這個怪癖的背後雖然有個故事，不過可能也和那些為她散盡家財或身敗名裂的火山孝子有關。那就是在每年女兒節太陽下山之後，她就會另立雛人形階梯來擺放這些恩客的遺物。

雖然這已成為每年的例行公事，但每到女兒節當天宿舍裡總會瀰漫一股陰森的氣氛。每年只要一到要打掃收拾這些遺物時，不知道是不是大家多心，總覺得好像聞到一股莫名的臭霉味，整棟房子籠罩在朦朧的灰塵裡。最後免不了連光子的雛人形都遭殃，雪洞的燈火也跟著蒙上一層灰。但是一大早就忙進忙出的阿筆，完全看不出有任何愧疚之意。隨著太陽下山，家家戶戶門前的路燈亮起，她好不容易踏著門裡的麥門冬[7]，踢弄著小砂石跑進來，此時門前傳來女兒節上門推銷的西洋鏡[8]小販聲音：「在京四條河邊乘涼的身體，轉眼變成夜間的景色點燃火苗，如果順利成功的話，就只能依依惜別，希望能夠如願以償，因為我的東西做工實在太精緻了。」西洋鏡小販在光子門前停下腳步。

光子天真的模樣就像紅牌藝妓身邊的小跟班或童星，對於工阪杉江來說更是惹人憐愛，因為她實在太膽小，無法和人群接觸，甚至連女校也無法就讀，所以必須雇用家庭教師，這也就是工阪杉江來此的原因。從另一方面來說，杉江的出現同時也拯救了孤獨的光子，這是因為從她十歲時奶媽過世被送到尾彥樓之後不久，就被派到店裡做事，一會叫仙州，一會叫誰袖，一會叫東路，連個固定名字都沒有。原本就很害羞膽小的光子，又與個性孤僻沒有血緣的祖母阿筆住在一起，在忍無可忍的情況下，難怪她片刻也不願離開杉江。工阪杉江非常具有吸引同性的魅力，年紀雖然還不到三十歲，白皙的長臉、瘦高的身材，加上高挺的鼻梁，多少給人難以親近的感覺，但自從到尾彥樓之後，便將頭髮梳成左右兩個髮髻，使她精明的長相溫柔了許多。然而像她這樣的女人表現出的沉著穩重，對光子這個年紀的女孩來說，應該是印象深刻的，兩人間培養出一種又像師徒又像母女的親密關係，但只有在這時候杉江會顯得有些焦躁不安。

「光子！剛才妳祖母一直在找妳，她問妳雛人形是不是擺好了？不行！妳不去我沒辦法交代，要是惹她生氣的話，我們就慘了！」

杉江略帶斥責的語氣催促道，光子雖然不高興地嘟囔著「誰要擺那麼奇怪的雛人形！」但還是乖乖跟著杉江來到祖母房間。阿筆住在以走廊和主屋相連的小屋二樓。十個榻榻米大的房間門上有尾形光琳[9]的畫作，只有左手邊向南的窗戶有窗臺，或許是因為這樣吧，每到下午陽光的方向改變後，整個房間就變得十分陰暗，加上門楣下沉，地板發出異樣的光芒，屋裡所有物體的形狀顯得特別明顯，原本瘦弱的阿筆因此顯得更瘦小，看起來好像是奇特的盆景或未經雕琢的木頭娃娃。

但是在擺上雛人形之後，紅白分明的雪洞、燈火長長的火光，使得阿筆四周洋溢著一種有別於平常的鬼氣，那應該不只是因為紅毛毯的反射燈光所致，紅白兩色的火光正好照在阿筆的額頭，使得她的臉變成兩種顏色，額頭下方紅嫩得像嬰兒的皮膚，額頭到髮際之間是微弱的白光光影，再往上則是一片如硫磺海般的白髮。

不過光這麼說好像是我刻意在塑造她的長相，假如以色彩來對照的話，阿筆就是芝居繪[10]中的岩藤；若以山姥[11]來比喻的話，則是關之山了。如果將她臉上的線條獨立來看的話，出現的會是人類最為醜陋的長相。假使有人因為半生的罪孽深重，即使死也無法贖罪的話，這個人應該就是阿筆了。她的眉毛虛偽有如人工假眉，鼻孔微張略顯扁平看來就像男人的生殖器，彷彿在訴說她一生的業障，除此之外，她整個人的氣色有如壽命將近一般，牙齒掉得一顆不剩，只要一閉上嘴巴，雙唇就會往上翹，眼窩深陷，整張臉好像折疊好的燈籠，而折縫處正好是鼻翼，和鼻梁的形狀恰恰相互呼應形成一個可笑的圖形，就好像在阿筆的臉上刻印上永世不滅的嘲笑一般，之所以這麼說，是因為在她滿臉皺紋中還留有一個有趣的形狀。阿筆的身高逐年萎縮，如今就像七、八歲的小孩，但尾彥樓的人因為看慣她那有如妖怪般的長相，所以也就不足為奇了。此時，房門打開了，站在門口的光子戰戰兢兢地向阿筆問安，一邊卻忍不住抓緊站在身後的杉江衣帶。阿筆起身走近雛人形階梯，試圖將雪洞的燈火弄得旺些，她半張嘴正好面對赤紅的火光，嘴裡發紫的牙齦在火光的照耀下紅得有些發黑，看起來就像鐵漿一般，喉嚨深處更像含了一口血似的。光子這孩子從小就無法分辨童話故事和現實世界的差別，平常又因為看多了戲劇和圖畫，所以一發生什麼事，就會沉浸在自己的世界胡思亂想。因此當她看見阿筆下半身蓋著紅毛毯時，大概以為她下面也穿著紅褲子吧！突然間她全身有如被官女的怨靈附身般杏眼圓睜，那一瞬間光子恐怕已經無法區分什麼是幻象什麼是現實了！

然而阿筆一反平常的冷漠，熱情地招呼兩人進屋，衝擊光子幼小心靈的惡夢不斷在眼前出現，無論這個老藝妓每年如何以反常的方式慶祝女兒節，也不管兩人對她的行徑多麼不明就裡，都絕非光子想像得到的事。

阿筆房中的雛人形階梯的擺放位置並無不同，只是每個玩偶，比方說官女的檜扇上綁有墜子，五人樂隊的小太鼓換成皮製的菸盒，阿筆將往日恩客送的禮物一一排放在所有玩偶旁邊。但是，最讓杉江意外的是擺放在最上面的內裡雛人形，女娃娃的手上抱著一個將白色玳瑁雕刻成紅色鐮刀形狀的長髮簪，杉江若無其事地問阿筆說：

「老夫人！這個髮簪應該是花魁們梳兵庫髻[12]時用的東西吧！這該不會是女恩客送的吧……」

因為阿筆向來對杉江頗有好感，一聽到問題便興致勃勃地解答，她張開糾結成團的嘴巴，使得整張臉變得更長，像風箱似地喘著氣答道：

「不！其實這是我的東西。這個白髮簪雖然是我當紅時期的紀念品，不過在玉屋八代太夫當中能戴上它的可沒有幾個人，這是因為還有這樣的習慣……」她輕輕吸了一口菸，把菸管放在一邊繼續說：

「妳看！這髮簪的形狀並不是一般所見的耳掏狀，而是紅色的卍字鐮刀狀，這是和我同輩的小式部家的家徽，應該是官差調職那一年八朔[13]的紋日，三分以上的八名花魁必須致贈官員白色髮簪，不過我之所以一直保留它，其實背後還有個悲慘的故事。這妳們大概不知道，我得先解釋什麼是所謂的『釘拔』。」

阿筆口中所說的「釘拔」正好代表了肉慾世界的另一面，有時如同鬼火從中升起，有時又好像馬戲團的練習場一般神祕。藝妓在無邊無盡的苦海中時有起伏，經常會覺得自己有如行屍走肉置身在滾滾浪濤中，在海浪捲起之前完全動彈不得、痛苦萬分。這其實是一種職業倦怠，這個時候對接客一事自然提不起勁，營業狀況當然就受影響，藝妓戶的老闆於是想出了一種號稱「釘拔」以提振手下藝妓工作情緒的方法，進行的方式雖然有好幾種，不過最大的機械化處罰工具就在玉屋之中。

這樣的處罰方式應該起源於荷蘭人帶來的宗教法庭或瑪麗亞・特蕾西亞皇后[14]時代的刑具，總而言之大概就像一具大型的風車。首先先將身上只圍了兩塊布遮住重點部位的藝妓綁在其中一面扇葉上，之後開始緩慢旋轉，速度大約維持在藝妓不至暈眩的程度，然後分成兩種情況，如果是她趁客人睡覺時偷走客人的財物，或是與未經安排的客人過從甚密，就會在藝妓轉至正常位置，也就是頭上腳下時棒打她的背部，藝妓當然是疼痛難耐，但如果只是單純提振工作情緒的話，處罰的人會趁著藝妓頭下腳上意識模糊不清時加以擊打，這麼一來受罰的藝妓只會感覺有點疼痛，由於身體馬上就恢復正常姿勢，所以疼痛的感覺會隨著血液快速往腳下流去而形成一種無法言喻的快感。這其實也如同地獄般的色情行業中，最為深刻熾熱的感覺。在經過這般被虐訓練後，藝妓們不只士氣大振，產生的強烈「後座力」恐怕也在大家的預料之中了！

玉屋請了一位名叫豐妻可遊的醫師負責執行「釘拔」處罰，地點就設在玉屋的二樓，在大風車的上下兩端，也就是天花板與地板正對藝妓頭部的位置各開了兩扇窗，地板上的那扇窗正好就在樓梯間，差不多就是現在的天窗，天花板上的窗子鑲了一面鏡子，從這些小地方可以看出他們為了催情所做的設計。阿筆的朋友小式部即將迎接再一次的處罰，阿筆在結束長篇大論的前言之後，終於開始描述當時的情形。

「那天輪到小式部接受『釘拔』處罰，在那之前她抓住我說她有點不舒服，我要她與其畏縮害怕不如坦然面對，奇怪的是她每次在接受『釘拔』這種痛苦之前，總顯得有些興高采烈，那是因為豐妻可遊是出了名的美男子，不只是在玉屋，就連整個花街柳巷都知道他這號人物，從四郎兵衛的會所到秋葉先生的常夜燈，沒有一個花魁不對他心動的，這些往事多說無益，當時豐妻可遊將自己打扮得庸俗粗獷。小式部將兩眼眼圈塗紅，原本最在乎雙鬢細毛的她，不知不覺中卻愈留愈長，這是因為豐妻可遊也讓她神魂顛倒了。只要是男人，對小式部渾圓豐滿的肉體根本毫無招架之力。」

就連阿筆也說得臉紅氣喘的，她說著說著突然停下來無奈嘆了口氣。之後看了兩個人好一會兒，才動了動眼角的皺紋低聲說：

「不過杉江啊……人活著，下一秒會發生什麼事情誰也不知道！也難怪在『釘拔』開始沒多久，風車停止轉動之後，還是沒有看見兩個人出現，那是因為他們殉情了。事後我膽戰心驚地跑到風車的暗處看個究竟。這我得好好說明一下，當時小式部是倒吊在風車扇葉上，就好像是時針指在六點的位置，風車在轉了半圈之後，血液會流到眼睛因此影響視力，此時執行『釘拔』的人會在小式部身上打一下，之後她又會回到正常的位置，感覺上身體裡所有不好的血液都已經流出，就好像天亮了一樣。但小式部的脖子卻纏了好幾圈繩子，身體裡的瘀血彷彿都堆積在脖子的兩側，紅腫得像一條條蚯蚓。不可思議的是她臉上竟沒有任何痛苦表情，好像是歌舞的菩薩一般，遭到勒頸竟然毫無痛苦，而豐妻可遊就躺在距離小式部兩、三尺以外的地方，左胸遭鐮刀刺入，因為胸口和咽喉之間竄出兩道血流，從遠處看有如身首異處一般。當時的情形就連個性向來堅強的我，也誤以為是有人殺了豐妻可遊，我完全不敢相信會發生如此悲慘的事，所以直到今天，我只要一看到河豚肉就會想起小式部白皙的身軀，但並沒有悲慘的感覺，小式部雖然愛美，就連被人勒死也沒有在臉上留下任何醜陋的表情，皮膚還是一樣晶瑩剔透，甚至讓人以為在她皮膚下流動的也是同樣清澄的血液，因為她實在太美了，我忍不住按了按她的手臂，結果在凹陷處的四周細如孑孓般的血管若隱若現，那種感覺就好像大風車快速旋轉一般。」

阿筆的表情愈來愈激動，不由得讓人覺得她的故事背後似乎有著不可告人的祕密，杉江覺得眼前異樣的情景有如圖畫般地美，突然想起了某件事讓她忍不住伸手將光子拉到自己身邊。

「這讓我感覺好像在看錦繪[15]或是羽子板[16]上的壓畫，上面是老夫人和小式部，但如果兩個人的髮簪顏色一樣的話，小式部自然稍嫌遜色了。對了！她可以戴玳瑁做的，上面再浮雕上黑牡丹……，老夫人！我對妳剛才說的話有點疑問，風車旋轉的速度不是和平常一樣慢嗎？」杉江平靜問道，一旁的阿筆眨了眨朦朧的眼答道：

「杉江啊！這也是我搞不懂的地方，後來有個叫由香里的見習生說當時她正位於進行『釘拔』的二樓看書，聽見小式部痛苦哀求說：『可遊先生！你轉那麼快！我頭好暈啊！快停下來！停下來！』所以看樣子應該是可遊強迫小式部和他殉情，一想到這裡就更讓我毛骨悚然，因為由香里還說當時她聽見風車轉動的聲音，和往常一樣緩慢。事情都經過六十年了，就算那次殉情事件是經過兩人的同意，但當時小式部一本正經的表情和風車的聲音，我至今都無法忘懷。」

就這樣，那年的女兒節因為可遊和小式部的殉情故事悲慘結束，光子緊緊依偎在杉江懷裡走下樓，隨著時間流逝，眾人已淡忘此事。這一天上野即將舉辦一場大型博覽會，當時和今天不同，視野相當遼闊，即使從低矮的入谷田圃也能清楚看見盛大壯觀的博覽會。櫻花樹梢有如浮雲，寬永寺[17]的銅板屋頂如積木般前後重疊，更遠處則有仿伊斯蘭的尖銳塔頂，和西印度式的五輪塔競相爭高，好比哼哈二將直入雲霄的是日本第一輛大型觀景纜車。

當天傍晚，杉江準備關上雨窗時，瞄了斜前方的別屋一眼，突然看到一幕出人意料的情景，讓她不由得著迷其中。但那絕非幻覺，更不是因為遠處的異國景致造成的錯覺。她看到的是非常強烈的色彩，感覺上就好像是繪製面子[18]畫或繪草紙[19]的低劣石版畫具，突然從眼前消失似的。向來因為討厭夜裡濕冷空氣，所以一過四點就會關上雨窗的阿筆，當天不知為何竟然大開門戶，而且還把鋪蓋搬到窗臺邊坐下，這或許沒什麼大不了，真正讓人不解的是她竟然身穿當藝妓時的和服。一個年過八十滿臉皺紋的老女人，竟然穿著深紫色以金線繡有曉雨傘的太夫服飾，還露出衣領的衣紋，讓看的人完全感覺不出什麼美感或協調與否，只覺得好像看到醜陋的地獄圖畫或是玩得過火的塗鴉，但是等到心情稍微冷靜之後，杉江注意到阿筆屏氣凝神正在看的東西。她和平常一樣噘著嘴，整張嘴幾乎落在臉的中央，眼睛裡閃爍著異樣的光芒，她的眼神飛越西邊的天空，投射在高出寬永寺森林一半，分成兩半的大型觀景纜車。

老藝妓包下觀景纜車與觀景纜車之倒立

就算這一切都是出現在畫中的景象，與其說遠方的大型觀景纜車壯觀豪華引人入勝，倒不如說身穿華麗藝妓服飾卻年老色衰、滿臉皺紋的老藝妓目不轉睛注視遠方的樣子更讓人好奇吧！專心眺望遠方的阿筆怪異的模樣讓人不知該覺得恐怖還是滑稽，這樣的她突然產生一股超越人類界限的不可思議力量，但同時也讓人搞不清楚這股莫名的魔力究竟是不是來自西邊那座觀景纜車。就在這些紛擾情緒不斷在心中翻滾的同時，遠方的觀景纜車和目不轉睛的阿筆，都融入一片模糊不清的混淆之中。或許是因為阿筆的動作，杉江也注意到觀景纜車的細部構造。

雖然並沒有詳細敘述的必要，但觀景纜車的巨大車輪直徑大約有十多尺，由從軸心向外呈輻射狀排列的支柱構成，四周吊掛了許多像早期客車的包廂，隨著緩慢地旋轉，遊客可以一覽無遺地眺望眼前景色。包廂當中只有一個被漆成紅色，那是最高級的包廂。

杉江雖然知道阿筆凝視的就是這個紅色包廂，但她並沒有停止奇怪的舉動，她這個怪癖已經不只是詭異了，而是好像在凝視凹凸不平的鏡面一般，給人一種煩躁不安的感覺。阿筆的身體日益消瘦，全身長滿了黑色的浮腫斑點，鼻梁和眼睛似乎也預告了不祥的預兆，催促自己必須分秒必爭。光子當然害怕得連靠近都不敢靠近，杉江則想盡辦法希望阿筆停止這樣偏執的行為，最後也惹得阿筆惡言相向，只有打退堂鼓了。到了第四天，阿筆將杉江叫來二樓，要她幫忙包下那間最高級的紅色包廂，還外加一個條件，正因為這樣讓她有難言之隱，感覺上她似乎就是為了這件事而留著最後一口氣。

「總之，在我死前一定會把理由告訴妳的，要妳這麼做大概很為難吧，不過請妳務必想辦法，觀景纜車上不是有個紅色包廂嗎？每天四點停止營業後，那節包廂都會停在最下面，隱身在寬永寺的森林裡，在博覽會結束之前我要包下它，然後妳告訴他們一定要讓它停在最上面。」阿筆不知為了什麼原因突然做出這樣的要求，杉江雖然很想問清楚緣由，卻只能應允阿筆會依照交代辦事。在接下阿筆轉交費用的同時，杉江心生滿腹疑問，但光看阿筆對紅色包廂的堅持，就足以讓杉江看出某些端倪。為什麼紅色包廂不能被擺在最下方呢？還有那個插在阿筆太夫頭上的髮簪形狀為什麼和觀景纜車神似呢？

第二天，阿筆包下高級包廂的事立刻成為大家的話題，報紙甚至還將此事和栗生武右衛門[20]包下義大利馬戲團一事相提並論，批評尾彥樓的阿筆一擲千金的作風似乎有些不合時宜。不久之後終於快到下午四點，觀景纜車停止營業的時間，這個大車輪真的會如阿筆所想的將紅色包廂停在最上方嗎？事情果然如阿筆要求一般，紅色包廂出現在天空中。

「對了！就是這樣沒錯！這件事辦得太好了，不過妳確定交代過他們在博覽會結束前都必須維持這樣對吧！只要紅色包廂被擺在下面一次的話，我可是不會善罷甘休的。」

阿筆有氣無力地說著，完全失去了往日神氣活現的風采，整個人像換了個人似的，感覺上就好像那個身穿華服欣賞觀景纜車的阿筆已經死了似的，只剩下氣若遊絲的她支配著如行屍走肉般的身軀。從那天之後她就不再坐在窗臺上，再度恢復以往的生活習慣。但如果有人仔細觀察杉江的表情，應該會發現她臉上激動的神情。她雙手搭在雨窗上眺望遠方，觀景纜車的四周飄著幾朵染紅的浮雲，看來有如人工的日出布景。關鍵的紅色包廂果真如預期高掛天空，阿筆從今晚起應該可以夜夜好眠了，但對杉江來說卻好像看見魔法般的月光。

她拉上雨窗關上玻璃窗後下樓去，卻沒有回主屋，而是來到別屋前院的楓樹旁全神貫注地聆聽，兩、三分鐘之後，從二樓阿筆的房間傳來尖叫聲，那一瞬間杉江嚇得幾乎崩潰而全身發抖，但不久之後她恢復平靜，在她回到主屋廊簷下時，心情已經和平常沒什麼兩樣了。一星期後，家僕送飯到阿筆房間時發現她已經死亡了，死因明顯是因為心臟麻痺，阿筆的一生就這樣匆匆結束了。

「老師！祖母那天應該是很放心了！為什麼會突然發病呢？」在喪禮結束白色的牌位換成豪華的大紅色時，光子站在杉江身邊看著佛壇裡的牌位問道。

「其實是這樣的，雖然妳還小，無法了解其中原因，但是如果一直心存疑問可能會對妳造成負面影響，所以我決定把事情真相告訴妳。」

杉江的表情異常嚴肅，她將光子拉到面前說：

「老實說是我帶妳祖母走上黃泉之路的，或許應該說是那座大型觀景纜車害她一命嗚呼的！不！最主要的原因應該是那個紅色包廂，當妳祖母知道事情已經如她所想的進行時，她就放心地進入屋內，但沒想到才一會兒工夫，那個紅色包廂竟然變成妳祖母最討厭的顏色，這點我還沒有教過妳，所有的顏色在四周的光線變暗之後都會跟著改變，白色會變成黃色，紅色會變成黑色，觀景纜車在太陽下山之後，在夕陽餘暉的照耀下就會變成黑色，銀色的支柱也會跟著變黃，整個形狀就像一根黑頭的髮簪高聳在天空中，但光是這樣還不至於讓妳祖母嚇得心臟病發，光子！其實是我讓那座觀景纜車倒過來的。」

「老師！這是為什麼呢？這簡直就像童話故事……」光子搖搖頭喘著氣說。

杉江用指甲將光子衣領上的污垢拿掉之後，說道：

「不！那其實是我設計的幻覺，妳知道二樓的雨窗上有個洞吧！所以必須在上面裝個玻璃窗，從那裡照進屋裡的影子自然會顛倒，映照在拉窗上的纜車影像自然會變成黑頭髮簪。也就是說原本倒立的影像變成直立，所以妳祖母才會以為上野的紅色纜車包廂被擺在上面，但是平常因為楓葉的關係，光線無法照進雨窗，要想讓她看到倒立的影像，必須讓楓樹往一旁傾斜才行。光子！妳知道妳祖母為什麼那麼害怕朝下的黑頭髮簪嗎？」

由此可知，阿筆之所以猝死，是因為看見了朝下擺放的黑頭髮簪，驚嚇過度所致，但是為什麼倒立的黑頭髮簪會對阿筆造成如此大的衝擊呢？或許她早就不記得那個髮簪了，只是因為以前在玉屋的刑房時，小式部曾經戴過這樣的髮簪？杉江不斷回想六十年前發生的事，果然發現其中隱藏了驚人的祕密。

「那個黑色髮簪的形狀應該和小式部死時戴的一模一樣，當時妳祖母梳著立兵庫髻，戴得是紅頭的白玳瑁髮簪，而她狡猾的計謀呢……利用的其實就是我剛才所說的顏色變化，當時顏色的變化並不是出現在四周，而是出現在小式部的眼睛裡，那是因為經過多次旋轉之後，視覺會開始產生混亂，變得愈來愈模糊，妳祖母就在風車下方的玻璃窗內側塗上薄薄的一層銀沙，之後再將自己的髮簪拿到窗邊。被塗上銀沙的玻璃窗，雖然從另一邊還是可以看見塗了銀沙那邊的東西，不過從塗了銀沙的玻璃這邊卻看不見另一邊的東西。就是因為這樣，被倒吊的小式部因為視線模糊，所以才會把玻璃窗下妳祖母的紅頭白玳瑁髮簪看成是自己的黑頭真玳瑁髮簪，在旋轉半圈之後，又在天花板上的鏡子裡看見一模一樣的東西，所以她才會覺得旋轉的速度太快因而感到暈眩。妳祖母於是趁機拿著鐮刀從背後刺死可遊先生，之後再勒死已經昏迷不省人事的小式部，這一切當然都是因為妳祖母嫉妒他們兩人過從甚密，所以她才會那麼害怕黑色髮簪。」杉江說完嘆了口氣，發瘋似地抱住光子，充滿血絲的雙眼上吊，痛苦哀號說：

「可是……小姐！現在仔細一想，我也不知道當時的自己既無怨恨，也不是賭氣，更不覺得義憤填膺，但是為什麼會做出這樣的事呢？大概是一時的鬼迷心竅，也或許是因為觀景纜車不可思議的魔力控制了我。當我藉由觀景纜車推測出當時在『釘拔』現場發生的事情時，我不忍心妳祖母繼續為了這件事倍受折磨，所以才會做出這樣的安排。光子！這不就是所謂的安樂死嗎？無論老天爺是否接受，也應該會原諒我做的事吧！可怕的因果循環，黑頭髮簪是妳祖母一手安排的凶器，最後她自己卻也死在這黑頭髮簪之下。明天我們就去坐坐觀景纜車，到那節紅色的包廂看看吧！我們在那個紅頭髮簪裡，把妳祖母和小式部的事全拋到九霄雲外吧！」

1 延寶是日本的年號之一。在寬文之後，天和之前。指一六七三到一六八一年的期間。這個時代的天皇是靈元天皇。

2 結綿為幕末～明智時代日本未婚女性的髮型，梳髮時會在島田髻上加上紅色或桃色的髮帶作裝飾。

3 唐人髻為江戶末期～明治末期的髮型，原先僅有遊女（賣身女）才會梳理，到了明治時期，一般的少女亦會做此髮型。

4 三月三日是日本的女兒節，平安時期，有在河邊流放紙娃娃以去除惡運的習俗。到了江戶時代，雛人形（ひなにんぎょう）女兒節的娃娃則是貴族給女兒的嫁妝之一。

5 一般的賣身女被稱作「遊女」，而美麗高層的遊女則被稱為「太夫」或「花魁」。花魁是從被賣到游廓（妓院）中的沒落貴族的女兒或是民間的女孩中挑選具有資質、極端美麗的，從小加以菁英訓練，確保能長成一流的美女。

6 萬延是日本的年號之一，在安政之後，文久之前，指的是一八六〇年這段期間。此時的天皇是孝明天皇。

7 多年生草本植物，生長於中國、越南及日本一帶，用途為藥用、盆栽、花壇和庭園露地栽培。

8 西洋鏡為古代的娛樂器材，在暗箱中裝入畫片，運用光學原理，以箱上的的放大鏡來窺視箱中的圖畫。因最初多置入西洋畫，故稱西洋鏡。

9 尾形光琳，日本江戶時代的男性畫家、工藝美術家，琳派之祖。

10 芝居繪乃以歌舞伎為題材的一種浮世繪。

11 山姥為日本傳說棲息在深山中的女妖，化身為美麗的婦人，提供旅人寢食，在旅人就寢後遂將其吞食。

12 兵庫髻這種髮式早在室町時期就已經存在了，當時深受女歌舞伎和游女們的歡迎，然而正規的上層社會卻對此不屑一顧。後來這種髮型在江戶時代開始盛行。

13 「八朔」原本是「舊曆八月一日」的習俗，但現在已經固定於「新曆八月一日」舉行。在「八朔」這一天，京都市東山區祇園一帶的舞妓和藝妓們會前往「茶屋」及「師匠」的家，感謝他們平日的關照與指導。

14 瑪麗亞・特蕾西亞(Maria Theresia)，一七一七～一七八〇，哈布斯堡君主國史上唯一女性統治者，統治範圍橫跨奧地利、匈牙利王國、克羅埃西亞、波希米亞等地。

15 錦繪為多色印刷的浮世繪版畫。

16 羽子板是一種長方形帶柄的板，一般在日本過年時玩球類遊戲時所使用。玩法類似以大的乒乓球拍來打羽毛球。

17 寬永寺位於日本東京都台東區的上野，為天台宗關東總本山的所在地，主要供奉藥師如來。

18 面子是一種在厚紙板的一面或雙面繪上圖案的卡牌，為日本傳統童玩。

19 繪草紙乃江戶時代出版、帶有插畫的大眾讀物。

20 栗生武右衛門，一八五三～一九三六，企業家，和歌山縣人。

國家圖書館出版品預行編目資料

花束之蟲：日本驚悚短篇小說選二 / 大阪圭吉等著；銀色快手等譯 . -- 初版 . -- 臺北市：八方出版, 2018.04

面； 公分

ISBN 978-986-381-181-7(平裝)

861.57　　107004504

花束之蟲：日本驚悚短篇小說選二

作者 / 大阪圭吉 等
譯者 / 銀色快手 等

發行人 / 林建仲
副總編輯 / 洪季楨
執行編輯 / 洪季楨、駱潔
美術編輯 / 蕭彥伶
封面設計 / 李涵硯
版型設計 / 李涵硯

出版發行 / 八方出版股份有限公司
地址 / 臺灣臺北市 104 中山區長安東路二段 171 號 3 樓 -3
電話 / (02)2777-3682　傳真 / (02)2777-3672
E-mail / bafun.books@msa.hinet.net
Facebook / https://www.facebook.com/Bafun.Doing
郵政劃撥 / 19809050　戶名 / 八方出版股份有限公司

總經銷 / 聯合發行股份有限公司
地址 / 臺灣新北市 231 新店區寶橋路 235 巷 6 弄 6 號 2 樓
電話 / (02)2917-8022　傳真 / (02)2915-6275

定　價 / 新台幣 250 元
I S B N /　978-986-381-181-7
初版一刷　2018 年 4 月
